ORÁCULO
LIVRO 2

2014, Editora Fundamento Educacional Ltda.

Editor e edição de texto: Editora Fundamento
Editoração eletrônica: Haikai Design Ltda. (Sandra Okada)
Coloração da capa: Zuleika Iamashita
CTP e Impressão: Centro Salesiano de Desenvolvimento Social e Profissional
Tradução: Mamama Produções Artísticas Ltda. (Simone do Vale Barreiros)

Copyright © Jackie French, 2010.
Publicado originalmente na língua inglesa em Sydney, Austrália, por HarperCollins Publishers Australia Pty Limited em 2010. Esta edição em língua portuguesa foi publicada em acordo com HarperCollins Publishers Australia Pty Limited.

O direito de Jackie French de ser identificada como autora do livro foi assegurado.
Design da capa original: Darren Holt, HarperCollins Design Studio
Imagens de capa: Silhueta de mulher por Trinette Reed / Getty Images; todas as outras imagens por shutterstock.com

Todos os direitos reservados. Nenhuma parte deste livro pode ser arquivada, reproduzida ou transmitida em qualquer forma ou por qualquer meio, seja eletrônico ou mecânico, incluindo fotocópia e gravação de backup, sem permissão escrita do proprietário dos direitos.

Dados Internacionais de Catalogação na Publicação (CIP)
(Maria Isabel Schiavon Kinasz)

F874	French, Jackie
	Oráculo – livro 2 / Jackie French ; [versão brasileira da editora] – 1. ed. – São Paulo, SP : Editora Fundamento Educacional Ltda., 2014.
	Título original: Oracle
	1. Literatura juvenil. I. Título
	CDD 028.5 (22.ed)
	CDU 087.5

Índices para catálogo sistemático:
1. Literatura infantojuvenil 028.5
2. Literatura juvenil 028.5

Fundação Biblioteca Nacional

Depósito legal na Biblioteca Nacional, conforme Decreto nº 1.825, de dezembro de 1907.
Todos os direitos reservados no Brasil por Editora Fundamento Educacional Ltda.

Impresso no Brasil

Telefone: (41) 3015 9700
E-mail: info@editorafundamento.com.br
Site: www.editorafundamento.com.br

Este livro foi impresso em papel pólen soft 80 g/m² e a capa em papel-cartão 250 g/m².

ORÁCULO
LIVRO 2

NA GRÉCIA ANTIGA, PREDIZER O FUTURO PODE
SER UM DOM OU UMA MALDIÇÃO.

Jackie French

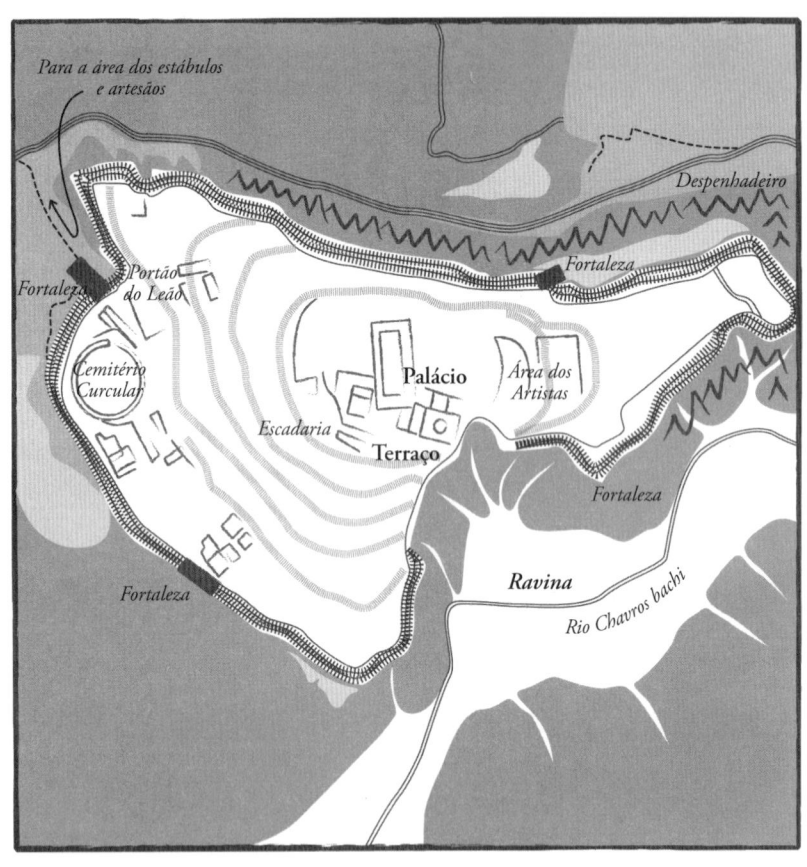

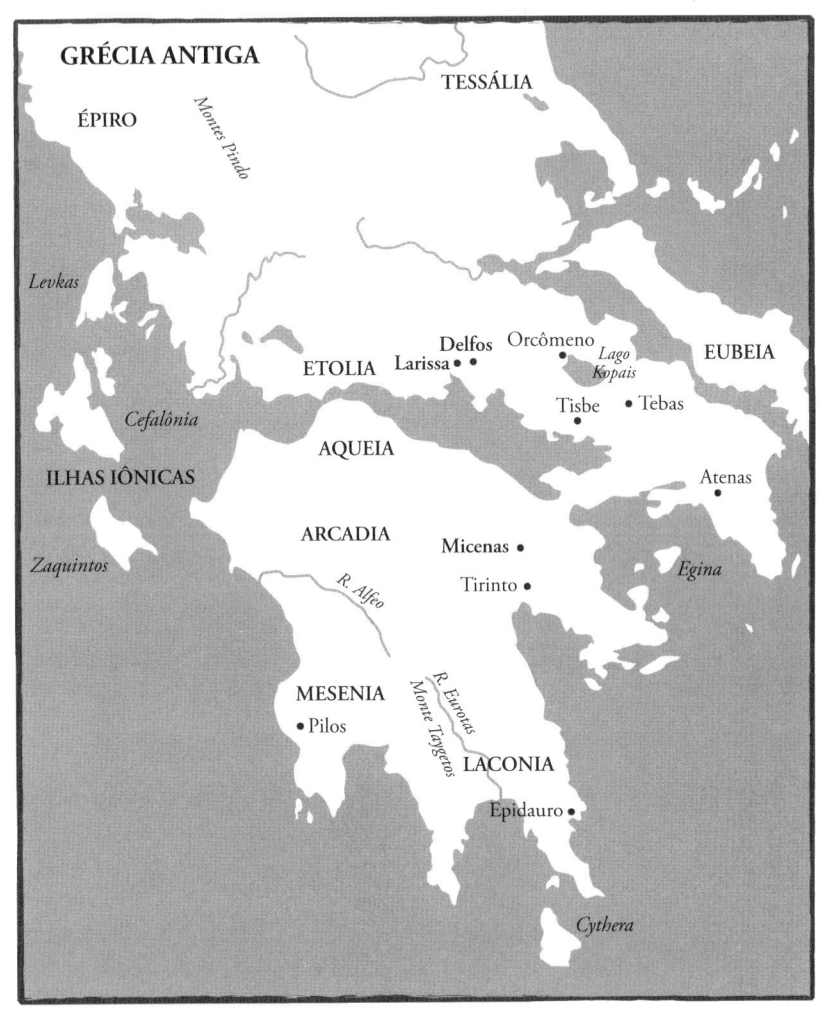

Capítulo 1

A primavera salpicou as muralhas e o pátio com pétalas cor-de--rosa. Nikko mexeu as cascas de cebola na panela de bronze sobre o fogo. Foi um inverno difícil.

"No ano passado, eu era um pastor de cabras" ele pensou, "um escravo, vendido com minha irmã ao Grande Rei para que a minha vila pudesse se alimentar. No ano passado, Thetis foi a garota abençoada e amaldiçoada, odiada por toda a vila porque conseguia apenas dizer a verdade. Até que nosso pai surrou-a de tal forma que ela jamais falou outra vez."

Agora eles moravam no palácio do Grande Rei em Micenas. Não nos espaçosos quartos próximos ao Rei, mas nos humildes aposentos de Orkestres e sua esposa, Dora, os acrobatas aposentados que os adotaram na esperança de que as duas crianças pudessem, de alguma forma, tornar-se tão boas quanto eles próprios foram e encantar o Rei.

Essa tarefa parecia quase possível alguns meses antes. Quando moravam nas montanhas, ele e Thetis dançavam ao som da música dos ventos e dos raios de sol. Agora, no entanto, não importava o quanto treinassem, a magia desapareceu.

Era uma questão de tempo até que fossem chamados para dançar para o Grande Rei. Se fossem aprovados, haveria ouro e glória. Se falhassem, Nikko se tornaria escravo, pastoreando cabras novamente, desta vez para o Grande Rei. Thetis provavelmente seria presenteada a qualquer homem que agradasse ao Rei.

Era tudo muito diferente ali. Ficar confinado por tanto tempo em apenas dois cômodos – e aqueles espaços delimitados pelas muralhas da cidade – fazia Nikko sentir vontade de uivar feito um lobo às vezes.

Ele havia passado a maior parte da vida na montanha. Até Thetis tinha a aldeia para passear à vontade, as colinas no alto para admirar. E agora eles estavam enclausurados há meses em dois aposentos, trabalhando, treinando...

"O mar está em algum lugar lá fora", imaginou Nikko, enquanto mexia as cascas de cebola. Cascas de cebola fervidas com estanho, um metal precioso das longínquas terras hiperbóreas, produziam um pigmento amarelo para a lã – e o cabelo de Dora, apesar de Nikko nunca tê-la ouvido admitir que o pintasse. Orkestres dizia que era possível avistar o mar do alto do grande palácio. Dava para ver metade do mundo, contou ele.

"Certamente", Nikko pensou, "ninguém prestaria atenção em duas crianças". Não se eles ficassem cabisbaixos e se disfarçassem de servos. Ou talvez pudessem escalar as muralhas bem cedo, quando apenas os sentinelas estavam por perto. Os sentinelas gostavam de Dora: ela lhes dava *posset* quando fazia frio. Talvez a deixassem levar a ele e a Thetis ao topo da muralha num amanhecer qualquer, antes que a maioria das pessoas do palácio acordasse.

A porta se abriu. Era Dora, trazendo a refeição matinal da cozinha numa bandeja de madeira coberta com pano.

– Como ficou...? – começou ela, então se calou e olhou em volta. – Onde está ela?

– Thetis? – Nikko piscou. – Ela estava penteando a lã um tempinho atrás. Deve estar no outro quarto – Thetis não gostava de usar o penico quando tinha alguém olhando.

Dora lhe lançou um olhar que ele não conseguiu interpretar. Ela meteu a cabeça pela porta de dentro, depois olhou para trás.

– Ela sumiu.

– Ela não pode ter sumido!

– Sumiu sim, com certeza. – Dora acomodou o corpanzil num dos bancos. – Ela já sumiu antes. Enquanto você dormia e ela achava que nós também estávamos dormindo. Escapuliu sozinha.

Nikko ficou perplexo, a culpa lancinante dentro dele. Cuidar de Thetis era sua responsabilidade. Como ele pôde não perceber?

– Eu nunca contei nada... ela nunca sumiu muito tempo. Eu sei que é duro para uma criança ficar presa aqui dentro com tudo que acontece do lado de fora. Mas ela nunca desapareceu durante o dia desse jeito. Tola que eu sou. Nem um pingo de juízo a mais que um pombo bravo.

– Mas o que podemos fazer?

– Esperar. Se um de nós sair à procura dela, ou mesmo o Orkestres, chamaremos a atenção para nós. Você não sabe como é, minha ovelha. Tudo que qualquer pessoa entre essas muralhas tem para falar é sobre si mesmos. A fofoca voa mais depressa que uma águia, e é tão cruel quanto. Não, ela voltará logo...

A porta abriu. Dora se levantou pesadamente, o rosto iluminado.

Mas havia três vultos na porta, não um. Orkestres, segurando Thetis pela mão e, do outro lado, o ecônomo.

Capítulo 2

O homem continuava tão grande quanto na época em que Nikko o vira, todas aquelas luas atrás. Mas se vestia de forma mais rica agora do que quando estava conferindo a chegada dos tributos. A toga tinha tantos bordados que era difícil ver a cor do tecido por baixo; o cinto era de prata, com cabeças de leão entalhadas. As dobras de gordura lustrosa no seu peito nu tentavam escapar pela abertura do manto.

Ele sorriu. "O sorriso de um lobo", pensou Nikko, como se estivesse arreganhando os dentes antes do bote.

– Veja o que eu achei – o ecônomo deu um empurrãozinho nas costas de Thetis, então ela soltou a mão de Orkestres e entrou aos tropeções. Correu para Dora e meio que se escondeu por trás das suas calças largas. – Ela estava no parapeito mais alto do grande palácio, espiando o banquete do Grande Rei como um filhote de falcão. Um dos guardas a trouxe até mim; ele já a viu antes, ao que parece. Eu tinha praticamente me esquecido das duas crianças – a voz do ecônomo soou leve e fria. – Duas crianças tão preciosas, aliás, para valerem vinte cabras e a mesma quantidade em sacos de grãos. Portanto, pensei, já é hora de Sua Majestade ser recompensada pelos tributos perdidos.

– Eles ainda não estão prontos para se apresentar – Dora redarguiu rouca. – Possuem grande talento... mas precisam ser treinados.

– Eles tiveram... o quê, cinco meses? Tempo suficiente para se comer o valor de uma corrente de ouro. Tempo suficiente para se aprender uma dança ou duas – a voz soou gelada como a neve que orlava as muralhas de Micenas em pleno inverno. – Você não pode usar os tributos de Sua Majestade para comprar os filhos que nunca teve, Orkestres. A menina e o garoto se apresentarão esta tarde.

– Não... – a voz de Orkestres soou desesperada.

– Hoje à tarde, quando o sol estiver dois dedos acima do horizonte. Você conhece o caminho até o salão de banquetes... Você se lembra, não é? – agora havia veneno na voz dele. – Faz muito tempo desde que o Grande Rei o convidou pela última vez. Mandarei um servo buscá-lo, para o caso de você ter se esquecido, e tochas para mostrar o caminho.

Tornou a sorrir. Os pés descalços – as unhas estavam pintadas de vermelho e os calcanhares também estavam corados – não emitiram ruído quando ele caminhou de volta na direção do pátio.

– Esta tarde – a voz de Orkestres soou desolada como os campos depois de terminada a colheita.

– Nós podemos inventar uma dança para eles... uma simples. Uns poucos saltos, paradas de mão e o mortal duplo. Os dois são bons o bastante para não fazer nenhum papelão e são umas ovelhinhas tão bonitas. Sem dúvida, o Grande Rei os convocará de novo.

– Podemos usar a espada? – Nikko sugeriu ansioso. Thetis já conseguia ficar de pé sobre ela sem cortar os pés, embora ainda não tivesse aprendido a saltar. – Se Thetis ficar de pé sobre a espada, eu posso erguê-la e girá-la em volta, então ela pode saltar, subir nos meus ombros e...

– Não!

Nikko se sobressaltou. Nunca ouviu a voz de Orkestres naquela entonação.

– Só se faz esses truques quando se têm certeza de que nada, *nada* pode dar errado, em hipótese alguma. Vocês sabem o que acontece quando alguém se corta numa espada na frente do Rei?

Paralisado, Nikko balançou a cabeça.

– A pessoa morre. Sempre que a espada saboreia sangue, ela clama uma vida. A morte perseguirá quem quer que esteja por perto.

– Então, se Thetis cortar os pés... – Nikko começou pausadamente, enquanto a irmã assistia de olhos arregalados.

– Uma única gota de sangue significa que os guardas a matariam, ali na frente do Rei, tão logo fosse vista. Sabem o que acontece se um acrobata cai e não consegue levantar de novo?

11

Mais uma vez, Nikko balançou a cabeça.

– Novamente, ele é morto ali mesmo onde está, um sacrifício para a Mãe. Não – a voz de Orkestres sou resoluta. – Tudo que vocês podem fazer hoje é o que já ensaiaram muitas vezes.

– Mas isso será suficiente para agradar o Grande Rei? – Nikko gritou desesperado.

Orkestres deu de ombros, evitando o olhar de Dora com cautela. Os olhos da velha mulher estavam repletos de lágrimas. Mas os de Orkestres pareciam vazios.

Capítulo 3

Eles passaram a manhã inteira treinando. Era um número simples afinal, que dependia da juventude e graciosidade dos artistas para encantar o Grande Rei. Mas pelo menos era um que eles poderiam executar sem nenhum erro.

Pareceu estranho para Nikko não vestir nada além de couro, quase como estar nu. A sensação seria ainda pior com uma centena de pares de olhos a observá-lo – todos os nobres do palácio, além do Grande Rei.

Com cuidado, Orkestres usou carvão para delinear os olhos e escurecer as sobrancelhas das crianças. Ergueu um potinho de vidro e tirou a tampa. Ele estava cheio de cera de abelha, atipicamente vermelha e cheirando a flores primaveris. Orkestres mergulhou um dedo e passou um pouco nos lábios, bochechas e calcanhares de Nikko, e depois em Thetis. Em seguida, pôs outra camada de carvão nas pálpebras dos dois.

Dora acariciou as tranças, pequeninas e presas num coque na nuca. Cabelos longos podem cegar um acrobata.

– Vocês serão maravilhosos – garantiu Dora, um pouco alto demais. – Vocês vão mostrar a todos eles. Agora, lembrem-se: sorriam. Um sorriso vale mil saltos mortais! Curvem-se para o Rei quando ele entrar no salão, os rostos voltados para o chão, e não levantem até escutar a voz dele.

– Como saberemos que é ele se ficarmos olhando para o chão?

– Vocês saberão – Orkestres falou sem rodeios. Ele olhava fixamente para os irmãos, primeiro para Nikko e depois para Thetis. – Independente do que acontecer hoje à tarde – falou afinal –, eu saberei que vocês fizeram o melhor possível. E sentirei orgulho de vocês – mordeu o lábio. – Apenas lembrem-se disso.

Como prometido, o servo chegou quando o sol pairava mais perto das muralhas que do céu do meio-dia. O aroma de carne recém-assada flutuava pelo pátio, junto com o cheiro de pão e de massas.

Nikko ajustou o manto no corpo. Thetis também vestia um, a silhueta pequenina assemelhando-se a um rolo de roupa. Dora vestiu o que tinha de melhor: calças cujo tecido ela mesma confeccionou e uma blusa vermelho-vivo presa com um nó na frente, deixando apenas um vislumbre dos volumosos seios nus. Os seus braços estavam praticamente escondidos sob as pulseiras e anéis cobriam os seus dedos dos pés.

Orkestres se vestiu de maneira mais sóbria, o cabelo recém-tingido, um broche de prata na túnica. Ele seguiu rumo à estrada atrás do servo. Os demais o acompanharam.

O grupo seguiu uma via, passou por um trevo onde os caminhos se cruzavam. Esta nova estrada era diferente de qualquer uma que Nikko vira antes: as pedras brancas eram tão lisas que deviam ter sido polidas e abauladas no solo. Mas ela não era circundada por muralhas: contornava a colina, com jardins em ambas as margens, erguendo-se até onde se situava o palácio, na encosta do penhasco.

As portas estavam abertas – portas de madeira, cada uma tão larga quanto as cercas da aldeia de Nikko. O teto não era de palha, mas de pedras unidas de modo a não despencar.

Mais servos vieram recepcioná-los.

Eles foram conduzidos na subida de uma escada, tão alta que eram quase uma montanha. No fim de um corredor, o piso de lajotas lisas, tantos quanto as estrelas no céu, criavam um padrão de guerreiros caçando gado. Até o teto tinha padrões. Em uma das paredes, ursos, lobos e cervos pintados eram perseguidos por um leão enorme. Na parede mais distante, o leão repousava sobre os cadáveres das suas presas, a juba dourada e a boca vermelha de sangue.

Outra porta. Os servos pararam, fazendo Nikko e os demais pararem também. Ele espiou por entre os companheiros, tentando não engasgar.

O salão de banquetes era maior que a aldeia de Nikko e muitas vezes mais amplo que o salão do nobre que eles visitaram a caminho de Micenas. Nas três paredes de pedra, os leões rosnavam, enquanto a quarta era feita de madeira, com grandes portas abertas para revelar os vislumbres de uma imensa planície verdejante que, à distância, parecia de algodão. Conchas e estrelas brilhavam no teto à luz de uma grande fogueira, erguida sobre pedras colossais – um branco absoluto, apesar da fumaça e do carvão – e cercada de pilastras brancas. Acima do fogo, a chaminé era do tamanho da quadra em frente aos aposentos de Orkestres. Não poderia ser diferente, pois a lareira era quase do tamanho do quarto deles.

E as pessoas! Servas em túnicas azuis, os cabelos presos num coque primoroso; homens negros que pareciam guardas, vestindo peles de leopardo e carregando escudos; e dançarinas que flutuavam em meio à multidão, as túnicas vaporosas como a bruma, porém mais reveladoras.

E por fim havia os aristocratas de Micenas, com suas joias mais reluzentes que as chamas, peles luminosas, cinturas marcadas por cintos de ouro. Alguns estavam sentados em bancos compridos, outros em bancos menores que pareciam feitos só para dois ou em banquetas de pedra polida com almofadas bordadas e macias, ou conversando de pé entre si.

E, num dos cantos do salão, o Grande Rei. Ele estava sentado num camarote, acima da multidão. O trono parecia de ouro entalhado, e se equilibrava sobre dois leões que tinham joias vermelhas no lugar dos olhos. Mas mesmo sem o trono qualquer um saberia que ele era o Rei.

Ele era jovem – mais novo que o pai de Nikko. Sem saber por quê, Nikko sempre pensou que um rei devia ser velho. A barba era encaracolada e aparada logo abaixo do queixo; tinha maçãs do rosto salientes, o queixo, as orelhas e o nariz finos e grandes. A toga era do mais puro branco com borda dourada; o peito estava nu, luzidio e sem pelos, os mamilos bronzeados. Ele era a única pessoa que não usava joias. Parecia que ser o Rei bastava. Ele olhou ao redor do salão como se uma parte dele escutasse os cochichos do ecônomo ao seu lado, e a outra ouvisse o harpista tocando no canto, um velho cego com olhos tão brancos quanto a longa barba.

Algo se moveu no colo do Rei. Era um filhote de leão, tão dourado quanto o trono, exceto pelos olhos. Distraído, o Rei lhe acariciava o pelo. Nikko já vira senhoras com gatos aninhados nos braços nas muralhas que circundavam a cidade. Os gatos vinham do Egito, o reino que ficava do outro lado do Grande Mar. Ele nunca tinha visto alguém segurar um filhote de leão.

No entanto, claro, esse era Atreu, o Grande Rei, senhor do trono de leão. Aparentemente, até os leões obedeciam ao Grande Rei.

O ecônomo se curvou diante do Rei, então anunciou. Os servos recuaram até se encostar à parede quando Nikko pegou a mão de Thetis e entrou no salão. Ele mal percebia a presença de Orkestres e Dora, que espiavam da porta, os rostos lívidos de esperança e medo.

O ecônomo tornou a se curvar diante do trono, encostando o queixo ao peito, com uma das mãos no coração. "Será que nós devemos nos curvar assim?", hesitou Nikko. Orkestres mandou que eles não desgrudassem os olhos do chão.

Mas Thetis já estava de joelhos, em seguida esticou o corpo inteiro como que em adoração. Nikko a imitou às pressas.

– Podem se levantar – a voz surpreendentemente alta do Rei soou entediada. – Entendo o que você quis dizer – acrescentou para o ecônomo. – selvagens das montanhas, a julgar pela aparência. A menina talvez seja bela quando crescer, com um pouco mais de carne no corpo, e o menino é razoavelmente bonito. Mas nada de especial. E você me contou que a menina é estúpida? De que serve uma escrava que não pode falar? O que passou pela cabeça de Orkestres? – deu de ombros. – Talvez seja hora de mandá-lo para as aldeias. Bem, vejamos do que eles são capazes.

O ecônomo sorriu. O Grande Rei pediu que o harpista parasse. O burburinho silenciou e depois a música. O velho se sentou, os dedos numa carícia inerte na moldura da harpa.

O ecônomo fez um sinal com a cabeça.

– Comecem.

Nikko ficou de pé, com toda a graça possível. Recuou alguns passos, até o espaço aberto diante do trono. Afastou os pés, como Orkestres lhe ensinou.

Thetis saltou e parou equilibrada num pé só sobre os ombros de Nikko.

O falatório que havia cessado por alguns segundos recomeçou. Agora Thetis se equilibrava sobre uma das mãos, as pernas esguias no alto, e então saltou dos ombros de Nikko, um salto mortal, e depois outro, até que por fim seus pés tocaram o solo...

Nikko espiou o Grande Rei. Ele não olhava mais para os dois. Uma mulher entrou no salão. Mulheres nunca compareciam a um banquete, lógico, exceto as dançarinas ou flautistas, que não contavam. Mas esta mulher não era nenhuma flautista.

Ela aparentava ser cerca de dez anos mais velha que o Grande Rei, os seus cabelos negros sob um diadema dourado. Vestia uma toga verde com ramos de trigo pintados e um cinto de ouro. O busto estava coberto por um avental de sacerdotisa da Mãe e um xale salpicado de verde e dourado flutuava nos ombros. Essa devia ser a irmã do Grande Rei, Xurtis, a mulher mais poderosa de Micenas... poderosa a ponto de comparecer a um banquete de homens. Ela e o Grande Rei estavam rindo, talvez de algum comentário dele.

Chegou a hora do número mais difícil. Nikko se jogou para baixo, equilibrando-se sobre as mãos, tentando manter as pernas retas no ar. Assim que Thetis decolou, as mãos agarradas aos joelhos, ele sentiu o leve deslocamento de ar e então ela também se postou de cabeça para baixo em cima do irmão.

Thetis deu um último salto mortal, aterrissando atrás de Nikko. Nikko baixou os pés até o chão. Ele se curvou para o Rei enquanto Thetis deu outra cambalhota na sua frente.

O espetáculo chegou ao fim. Eles pararam juntos, de mãos dadas diante do trono, as cabeças educadamente inclinadas, à espera de que o Rei olhasse para eles, para que pudessem se prostrar na sua frente.

O Grande Rei os ignorou, o rosto desviado, escutando Xurtis falar.

A harpa voltou a tocar. Umas poucas dançarinas levantaram dos colos de quem quer que fosse onde estavam empoleiradas e se puseram em movimento em meio à multidão.

"Fracassamos", Nikko pensou, enquanto aguardava que o Grande Rei voltasse a prestar atenção neles e se lembrasse de dispensá-los. O número foi satisfatório, mas não o bastante. Nem o suficiente para atrair a atenção de um rei. A dança que Orkestres viu na montanha foi uma brincadeira, e não uma performance digna de um palácio. "Nós também decepcionamos Orkestres", concluiu, "e Dora."

Será que agora o mandariam pastorear as cabras do Rei? E Thetis? Sentiu um aperto no coração. O que eles fariam com Thetis?

De repente, Thetis soltou a mão dele. Nikko olhou para ela.

Mas Thetis havia desaparecido.

Capítulo 4

O harpista começou a tocar outra melodia, os dedos finos acariciando as cordas. Esta era mais alta que a anterior, com um ritmo mais forte, quase como uma águia batendo as asas ao levantar voo. Desesperado, Nikko perscrutou ao redor do salão em busca da irmã.

E sem mais nem menos lá estava ela.

Thetis estava perto das pedras brancas da lareira, os braços erguidos balançando suavemente, como a fumaça. De repente, ela tornou a saltar – mais alto, mais longe do que Nikko jamais a vira saltar antes – um salto mortal por cima da fogueira, o corpinho girando no meio das labaredas.

Suspiros tomaram conta do salão.

O Grande Rei ergueu o olhar.

Do outro lado do fogo, Thetis parou ereta e orgulhosa, miraculosamente ilesa. Tornou a saltar sobre as chamas, desta vez com os dedos apontados para baixo, iluminados pela luz do fogo de maneira que os pés e as pernas parecessem centelhas também. Em seguida, saiu girando, sem parar, até chegar aos pés do Rei. Ela parou ali, numa reverência, apenas por um instante, depois estendeu as mãos e apanhou o xale elegante da mulher ao lado dele.

A multidão ofegou novamente, mas de choque, não de admiração. Quem ousaria tomar o xale da sacerdotisa da Mãe, a irmã do Grande Rei?

Nikko sentiu os pés grudados nos ladrilhos do chão, como se fossem feitos de pedra como o palácio.

Thetis sorriu. "Como ela consegue sorrir?", Nikko se perguntou. E, então, refletiu: "Por que não? Qual é a pior coisa que eles podem fazer conosco? Prender-nos às árvores? Esse homem é capaz de fazer isso por qualquer motivo, para aplacar uma manhã de tédio."

A música se tornou ainda mais insistente, como se o harpista cego sentisse o que acontecia no salão. Ela pulsava feito um coração batendo, tal qual a canção do vento.

Agora Thetis correu, o xale esvoaçante às suas costas. "Como asas", observou Nikko. De repente, ela era a borboleta de novo.

O palácio desapareceu. Assim como os aristocratas, servos e o próprio Rei. De repente, só havia Thetis e sua dança.

Ele sabia o que ela queria agora. Correu em direção às pedras brancas próximas ao fogo e parou com os braços estendidos. Ela saltou sobre ele. Nikko sentiu os pezinhos delicados nos ombros, sentiu o movimento do xale que flutuava no calor e na fumaça. Olhou para cima quando Thetis pulou dos ombros dele e segurou a cornija da coluna próxima à chaminé, agarrando-se de alguma forma com os dedos das mãos e dos pés. O xale ondulava à sua volta, esvoaçando para cá e para lá conforme ela o agitava.

Foi a coisa mais bonita que Nikko já viu: a menina, o rosto e o corpo girando nas névoas da fumaça, as cores do xale refletindo o fogo. Antes Thetis parecia pequena demais. Agora a sua própria miudeza combinava com as grandes asas de seda.

– Uma borboleta – alguém sussurrou.

Foi como se a montanha e a sua canção se precipitassem de volta para ele, trazendo-lhe força e música ao mesmo tempo.

Nikko sabia o que deveria fazer agora. Abriu a boca e deixou a canção jorrar para fora, inundando o silêncio admirado do salão.

Mais uma vez, a canção não tinha palavras. De que serviam as palavras ao vento? Foi como se a música o dominasse. Ele sentiu a transformação. A música agora tinha asas, assim como o vento, asas de borboleta que voavam numa nuvem cintilante de cores pelo céu.

E agora outro som ecoava pelo salão, tornando-se cada vez mais alto e mais poderoso.

O harpista acompanhava a melodia. Eles tocavam em contraponto, o velho músico e sua harpa, o menino e sua voz pura.

Thetis ainda dançava, flutuando de uma coluna para a outra, com tanta rapidez que o salão parecia tão repleto de movimento quanto de dança, como se estivesse cheio de criaturas sobrenaturais que jamais tocaram o solo.

E então terminou. Nikko se obrigou a permanecer imóvel, os pés separados, e ela pousou nos seus ombros, equilibrando-se rapidamente com as mãos na cabeça dele. Ele sentiu o xale escorregar e pender sobre ambos, escondendo-os, unindo-os num único artista.

Nikko estendeu a mão. Ela a segurou e pousou de pé na frente do irmão, torcendo o xale de modo que ele parecesse uma corda fina ao redor do seu pescoço, não mais ocultando os dois, não mais um par de asas.

A dupla avançou na direção do trono, um passo, dois, ainda de mãos dadas. No terceiro passo, eles fizeram nova reverência, sem ler a mente um do outro e, sim, os sinais de seus corpos, demasiado insignificantes para qualquer outra pessoa notar.

Desta vez, eles se curvaram como o ecônomo se curvou: um movimento da cabeça e do pescoço, a mão direita colada ao peito, como se eles também tomassem por certo o direito de ficar de pé diante do Grande Rei.

O salão caiu em silêncio. O Grande Rei os encarou. Assim como a irmã dele, os ombros nus acima do avental em censura.

"Eles vão nos amarrar nas árvores", deduziu Nikko. "Vão nos fazer de escravos".

Sem saber por quê, isso não importava. A amargura talvez viesse mais tarde. Não agora. Orkestres tinha razão. É possível perceber quando a grandiosidade paira sobre você, como o xale de seda. Thetis se apresentou como uma estrela, uma fagulha brilhante, reluzindo acima do mundo. Por um instante, Nikko também fulgurou sob a sua luz.

Ninguém falou até então. O harpista também permanecia em silêncio, o semblante oculto pelos cabelos brancos.

Aos poucos, a realidade retornou. Nikko tremia não só porque sentia a brisa no corpo suado.

O Grande Rei levantou. Chamou um dos guardas. O homem se aproximou mais. O Rei gesticulou. O guarda lhe entregou o seu escudo. O Grande Rei o pegou, depois se abaixou para apanhar uma das lanças encostadas no trono, talvez um símbolo do seu poder, pois certamente ninguém caçava com lanças com setas de ouro, os cabos com entalhes de cabeças de leão e marfim incrustado.

Nikko e Thetis continuavam parados ali, imóveis. O salão permanecia em silêncio, salvo pelo crepitar do fogo. O Grande Rei começou a bater com a lança no escudo.

Clang! Clang! Clang!

Nikko sentiu a pele arrepiar. Segurou a mão de Thetis outra vez. Ele esperava que estivesse trêmula, mas ela estava morna e quieta. O que tudo isso significava?

E então ele soube, quando o aplauso se ergueu numa grandiosa ovação: o salão estava lotado de gente que batia palmas enquanto o Rei desferia pancadas no escudo com a lança.

A mulher de diadema se aproximou deles. O Rei abaixou o escudo e a lança, e o aplauso terminou. Ela era um pouco parecida com o irmão, mas tinha fios grisalhos em meio aos negros. Ela sorriu – um sorriso esquisito, como se viesse de um lugar distante.

– A dança da borboleta – a voz tinha o sotaque de Micenas, as palavras mais altas e pronunciadas de maneira mais clara do que na aldeia natal das crianças. – As borboletas não podem falar. Elas apenas dão ao mundo a sua beleza. Você sabia que a alma é uma borboleta? E aquela dança foi para o Rei – Xurtis fechou os olhos e pousou uma das mãos na cabeça de Thetis. – Enquanto você dançar para a Sua Majestade, meu irmão, a alma dele estará a salvo.

Ela abriu os olhos, então tornou a sorrir. Este sorriso foi diferente do primeiro, quase como se ela quisesse rir.

– Pode ficar com o xale – acrescentou.

O salão inteiro pareceu suspirar, como se ninguém tivesse ousado respirar até ouvir o que a mulher diria. O Grande Rei tornou a chamar, desta vez o ecônomo, e falou com ele. O sujeito se mostrou perplexo.

O Rei chamou Nikko e Thetis. Quando os dois se aproximaram, o ecônomo tirou as correntes do próprio pescoço, uma grossa trançada em ouro, a outra carregada de pedras preciosas vermelhas. Ele colocou a primeira no pescoço de Nikko e a segunda, no de Thetis.

De repente, parecia apropriado fazer nova reverência. Nikko se prostrou um segundo depois que Thetis decidiu se curvar. E, em meio ao barulho e aos aplausos, Nikko sentiu a mão de Orkestres no seu cotovelo. Ele e Dora os conduziram para fora.

A face de Orkestres estava suja de preto onde as lágrimas borraram a maquiagem dos seus olhos.

– Você conquistou o coração dele, criança. Eu nunca vi... nunca imaginei que veria... – a voz embargou quando ele afagou o cabelo de Thetis. – Você conquistou cada coração no salão esta noite! Você é a Borboleta, a maior dançarina que a corte já viu. Como aprendeu a fazer aquilo?

Thetis balançou a cabeça enquanto Orkestres a fitava, com o semblante cheio de espanto e alegria também.

– Por que você nunca dançou assim antes?

Dora se abaixou e pegou Thetis no colo. A criança parecia pequena em comparação com aquele corpanzil e cansada de súbito. Ela recostou a cabeça no ombro de Dora e se aninhou nela.

– Ela fez exatamente o que nós mandamos que ela fizesse – Dora olhou para Nikko e Orkestres. Sorriu discretamente. – Ela executou os passos que lhe mostramos – falou baixinho. – Ela fez o que mandamos fazer, exatamente como o irmão prometeu. Mas você disse que estremeceu no topo da montanha, quando ela virou uma borboleta. Então foi isso que ela se tornou quando viu que o número que nós lhe ensinamos não funcionou. Ela voou por nós dois esta noite, por todos nós aqui. Nenhum de nós poderá lhe ensinar isso, ou tampouco a sua canção – acrescentou para Nikko. – Ela é só sua.

O mundo balançava ao redor dele. Tudo que havia acontecido esta noite era demais para assimilar. Ele queria dançar de novo, correr gritando em volta das muralhas de Micenas. Queria descansar, beber, comer. Imaginou se o coração pararia de retumbar feito música dentro do peito. Ele sabia que o rosto sorria, mas precisou se esforçar para não chorar também.

Queria salvar a irmã, mas foi ela quem salvou a ambos.

"Quanto exatamente Thetis viu nas suas escapadas do quarto?", Nikko se perguntou. Como ela havia aprendido o que conquistaria um rei?

Nikko olhou para Thetis. Havia sombras sob os olhos dela e as mãos tremiam, embora poucos momentos atrás estivessem tão firmes e seguras.

– Banho – disse Dora. – Banho quente para todo mundo, para nos acalmar – ela alisou o cabelo de Thetis. – Sei como você se sente, minha ovelhinha. Você está exausta e empolgada, tudo ao mesmo tempo. É o que isso significa, entregar-se ao público. E não faz diferença – completou – se é um camponês ou um rei. Você se entrega e, quando acaba, o chão parece sem graça e chato e você também se sente assim, quando todo o seu brilho se vai. Todos nós sentimos isso. Com o tempo, você se acostuma... um pouco, seja como for. A água quente está esperando. Depois, comer e dormir.

"Dormir", pensou Nikko. O coração batia disparado, como se ele nunca fosse dormir outra vez.

Eles haviam dançado na frente do Rei. Dançaram e cantaram como as crianças da montanha que eram e também como os acrobatas que Orkestres e Dora os ensinaram a ser.

"Esses são quem somos agora", refletiu Nikko. "Somos aquilo que nascemos e aquilo que nos tornamos."

Thetis esticou a mão para ele. Nikko a segurou novamente. Os dedos dela ainda tremiam, mas ela também estava sorrindo, o rosto inteiro radiante. "Como se pisasse em nuvens", pensou Nikko, e agora a bruma se ergueu e a verdadeira Thetis podia brilhar.

Capítulo 5

Dora tinha razão. O banho o acalmou. A comida os acalmou ainda mais. Mas parecia que o sono apenas tinha passado correndo por ele quando bateram à porta.

Sonolento, Nikko se obrigou a sentar entre as peles. A luz matinal refulgia nos cantos das janelas, portanto ele devia ter dormido. Thetis já estava acordada, usando uma túnica nova que Dora fez para ela, mordiscando um pedaço de pão de mel. Nikko se enrolou no cobertor assim que Orkestres escancarou a porta. Ele usava a sua melhor toga, metade das joias e maquiagem nos olhos e nos lábios.

"Orkestres estava esperando aquela visita", pensou Nikko. O ecônomo estava parado na entrada, iluminado pelo céu rosado da aurora ao fundo, o rosto inexpressivo. Ele fez uma reverência tão respeitosa para Orkestres quanto faria para o Grande Rei. Atrás dele havia servos, homens e mulheres, e um guarda com os braços cheios de guirlandas de flores primaveris.

Nikko trocou de túnica por baixo da coberta. Dora havia acabado de entrar no quarto. Como Orkestres, ela vestia sua melhor peça de seda, com colares até o queixo. Colocou os braços em torno dos ombros de Thetis.

"Dora é mais mãe dela do que a nossa jamais foi", pensou Nikko com o olhar turvo, tentando fazer uma reverência adequada ao ecônomo e cobrir a própria nudez com a túnica ao mesmo tempo.

– Da Sua Majestade Atreu, o Grande Rei de todo o mundo – o ecônomo gesticulou para que o guarda se aproximasse. Ele colocou uma guirlanda na cabeça de Orkestres, depois em Nikko, Thetis e Dora.

– Sigam-me – o ecônomo falou sem rodeios. – Os servos trarão as suas coisas.

– O que está acontecendo? – Nikko finalmente endireitou a veste. Orkestres piscou para ele.

– Não faça perguntas – sussurrou. – Mantenha a cabeça erguida. Finja que tudo isso é direito seu.

Eles seguiram o ecônomo pela via estreita, os servos dispersos atrás deles com as peles e roupas dos seus aposentos, depois percorreram a vasta via branca que conduzia até o palácio. O vento salpicou os seus rostos com pétalas. O ar estava repleto de fragrâncias – óleos aromáticos, pão e carne assando.

Eles se depararam com uma porta que se abria para as fundações do grande palácio.

O ecônomo tornou a se curvar, sua face continuava sem revelar nenhum dos seus pensamentos. "Será que ele está aborrecido com o nosso sucesso?", Nikko se perguntava.

– Este é de vocês, por cortesia do Grande Rei – o ecônomo recuou, ainda curvado.

– Ora – havia lágrimas nos olhos de Dora. – Bom – ela abraçou Orkestres com tanta força que quase o derrubou. – Eles conseguiram, meu amor, os nossos carneirinhos conseguiram!

Nikko arregalou os olhos.

– Isto é nosso?

O cômodo era lindo. Não tão grande quanto o salão da noite passada, mas ainda assim dez vezes maior que os aposentos de Orkestres. As paredes eram decoradas com pinturas de dançarinas brincando em meio a um bando de leões, gordos e sonolentos, que observavam a dança. Os pisos e o teto eram de ladrilhos. As colunas eram pintadas de branco e dourado. Havia mesas e banquetas de madeira e marfim entalhados, e pequenos assentos, guarnecidos com peles e almofadas. E, o melhor de tudo, uma das paredes se abria para um terraço com paredes de madeira dobráveis, que podiam ser fechadas quando o tempo esfriava.

Ele correu para fora.

E viu além das muralhas de Micenas. Havia ruas com galpões e outras construções mais abaixo da colina, e mais abaixo ainda havia uma planície, dividida em quadrados estranhos, campos de oliveiras e o verde claro que indicava campos de trigo ou cevada. Mais longe, uma linha azul infinita encontrava o céu, mas de uma cor mais profunda e intensa do que o céu jamais poderia ser, como uma das pedras preciosas azuis que as senhoras usavam. "O mar", concluiu. "Eu finalmente vi o mar."

Ele não ouviu Thetis se aproximar. Ela o segurou pela mão. Nikko se virou para ela. O seu rosto não demonstrava nenhuma surpresa ou interesse na paisagem. Ela o fitava, contente pela alegria do irmão.

– Você já tinha visto tudo isso, não é?

Ela concordou.

– Quando você fugia?

Ela tornou a concordar, agora sorridente.

– Eu devia lhe dar uma surra.

Ela gargalhou, então de repente pulou nos ombros dele. Nikko imediatamente segurou os tornozelos dela.

– Você consegue enxergar mais do que eu agora?

Ele sentiu que ela balançou a cabeça no alto.

– Você sempre enxergará mais do que eu – acrescentou pausadamente. – Sempre enxergou.

Mais uma vez, ele sentiu que ela concordava.

Thetis deslizou e sentou nos ombros de Nikko, então escorregou para o piso do terraço e correu para dentro.

Havia um quarto para cada um deles, assim como um imenso salão social, todos com vista para o amplo terraço. As paredes e o teto do quarto de Thetis tinham borboletas recém-pintadas e piso de lajotas vermelhas. O Rei deve ter mandado os pintores trabalharem a noite toda.

O quarto de Orkestres e Dora tinha carruagens e cavalos, e uma cama gigante com um vão embaixo, onde se colocavam carvões em brasa.

– Sem roca – murmurou Dora.

Orkestres riu e a abraçou.

– Chega de tecelagem para você, garota – ele se inclinou e sussurrou no ouvido dela. – Você pode ficar com os seus potes de tintura, porém, só para nós dois.

No quarto de Nikko, as paredes mostravam macacos apanhando frutas numa árvore. Essa pintura parecia antiga, não nova. Em vez de estrados, os quartos de Nikko e Thetis eram mobiliados com camas com pilhas das mais macias das peles: lince e gato-selvagem, entre outras que Nikko não conhecia. Os lençóis eram de lã fina e os travesseiros, estufados com penas de pato.

Nikko perambulou até o salão social. Havia espaço para treinar, e eles também tinham o terraço.

– Então, irmãzinha?

Mas Thetis não ouviu. Uma serva havia trazido uma bandeja de pombos assados e pão quente saído do forno, temperado com tâmaras e mel. Outra trouxe tigelas de pistaches, tâmaras e amêndoas, e ânforas de suco de romã diluído em água. Thetis já estava comendo, sentada de pernas cruzadas sobre uma das peles mais macias, a boca lambuzada do vermelho da romã, uma tâmara nos dedos e migalhas no colo.

Ela sorriu para Nikko e gesticulou para que ele se unisse a ela, tão à vontade como se ela sempre houvesse sido uma protegida do Grande Rei: como se esse sempre fosse um direito seu.

Capítulo 6

Era uma nova vida, uma vida mais luxuosa do que Nikko jamais sonhou existir. Nada de perseguir cabras, apanhar pedras nos campos ou colher esterco para adubar a cevada. Nada de pulgas, moscas ou lama. Até os penicos tinham bordas de ouro, com leões ou padrões em vermelho e dourado pintados. Eram cobertos com um pano para disfarçar o odor enquanto os servos do palácio não os levavam embora.

Outros servos vinham duas vezes por dia carregando tudo que havia de melhor no cardápio das cozinhas do palácio. Dois servos permaneciam do lado de fora da porta do grande salão de uso comum, caso qualquer um dos moradores quisesse alguma coisa. Joias para enfeitar os trajes, novas peles e até ervas para os potes de Dora... bastava pedir e qualquer coisa seria deles.

Agora não era mais necessário ficar escondido no quarto.

Thetis passava o tempo todo na companhia de Dora ou de um dos servos, como convinha a uma menina. Se ela ainda saía sozinha escondida, tinha a habilidade de não ser descoberta. Nikko, porém, tinha permissão para sair sozinho. Pela primeira vez, ele podia explorar Micenas de ponta a ponta, os becos e as grandes vias amuralhadas, orladas pelas casas dos nobres, e os pátios menores para os alojamentos dos servos, como o que eles dividiam com Orkestres e Dora.

A vista do grande terraço abarcava a maior parte da planície de Micenas, muito mais exuberante do que as terras da montanha que ele conhecia, e, nos dias claros, a orla azul escura do mar a uma distância remota. Mas agora ele tinha permissão para passear por entre as muralhas da cidade também, portanto podia perambular até as montanhas e subir até os penhascos íngremes atrás da cidade. Mais fascinante ainda eram as construções do lado de fora das muralhas, aquelas que ele não viu devido às sombras e ao cansaço na chegada.

De fato, a cidade de Micenas era basicamente uma fortaleza: um colossal edifício de pedra capaz de conter atacantes com as suas muralhas íngremes e o estreito Portão do Leão. Dentro da cidade, havia espaço para centenas de pessoas, mas a maior parte da vida econômica se passava do lado externo.

Nikko podia sentar nos muros da cidade, comendo uma suculenta romã e cuspindo os caroços no teto dos curtumes, onde se limpava, secava e amaciava de tudo, desde couros de bode até peles de lince. Mais à frente, havia oficinas de bronze, com fornalhas reluzentes e barris de água fria que chiavam e soltavam fumaça quando os ferreiros mergulhavam o metal incandescente de facas e espadas. Mas os galpões maiores pertenciam às manufaturas mais desenvolvidas de Micenas, óleos aromáticos e tecidos de lã.

Ouvindo rumores no palácio, Nikko agora deduziu que a comida para alimentar Micenas era somente uma pequena parte dos tributos que escoavam para o Rei. Mais importante era a lã a ser desembaraçada, fiada, tingida e então transformada nos belos tecidos de lã pelos quais Micenas era famosa.

Eram essas excelentes peças de lã que Micenas podia vender a todas as nações ao redor do Mar Mediterrâneo e até além do Mar Adriático, ao norte da longínqua Hiperbórea. Lá, eles trocavam os tecidos pelo estanho, necessário para obter a liga com o cobre para fabricar o bronze; no Egito, por ouro e supérfluos, como tâmaras e gergelim; ou ainda, nos países orientais, pela seda, que precisava viajar a cavalo durante três anos até chegar a Micenas.

Os tecidos de lã e linho significavam que Micenas era rica – rica o bastante para fabricar armas para os soldados, para alimentar um exército, para que nenhum rei menos importante desafiasse o seu poder.

Entretanto, da primeira vez que Nikko tentou ir até o Portão do Leão para ver todas essas maravilhas mais de perto, os sentinelas cruzaram as lanças na sua frente, exigindo um passe.

Nikko sorriu, para não se mostrar envergonhado.

– Desculpem. Eu me enganei.

Mas a raiva ardia como as brasas sob o vão da chaminé, pela manhã; menores que uma chama, embora mais quentes. Será que então ele era um escravo do Grande Rei, apesar do luxo, sem nem um pouco mais de liberdade que o filhote de leão no seu colo?

Nikko deu meia-volta para retornar pela estrada. Uma voz o deteve:

– Deixem-no passar.

Nikko se virou para olhar. O ecônomo estava sentado numa liteira de marfim, incrustada com prata, erguida no alto por quatro guardas corpulentos, com outros dois que seguravam um pequeno toldo sobre a sua cabeça para protegê-lo do sol. Ele sorriu para Nikko. Nikko ficou surpreso ao notar que aquele parecia um sorriso genuíno, apesar de com um toque de ironia.

– Quer dizer que eu posso sair sempre que quiser?

– Não. Você pode sair sempre que Sua Majestade, que ele viva dez mil anos, não requisitar que se apresente ou cumpra outras tarefas, ou quando o seu tutor o dispensar das aulas. Mas salvo essas duas condições... sim, é claro que você é livre – o ecônomo ergueu uma das sobrancelhas. – Agradeça aos deuses por não ser um escravo, garoto, ou você seria açoitado por me questionar dessa maneira. Você não é mais escravo do que eu. Nós dois existimos para servir o Rei.

Nikko tentou interpretar a expressão dele. "Talvez", pensou, "aqui em Micenas existam muitos tipos diferentes de escravidão".

– Você pensou que eu fosse seu inimigo?

Era impossível dizer que sim. Em vez disso, deu de ombros.

O ecônomo lhe deu um olhar que Nikko não conseguiu decifrar.

– Eu cumpro o meu dever para com o Grande Rei. Às vezes, cometo erros, como cometi com relação a vocês. Porém – ele acrescentou gentilmente –, não foi um erro tão grande assim, pois o Grande Rei ainda tem a sua Borboleta.

– Então, eu posso sair dos portões sempre que quiser? Ou quando o Rei não precisar de mim? – completou.

– Sim. Saia e explore, rapaz – ele deu outro dos seus olhares enigmáticos. – Antigamente, eu também explorava como você.

– Não mais?

– Não, garoto. Chegou o dia em que descobri que servir o Rei representava mais para mim do que qualquer outra coisa fora das muralhas. Mas lembre-se sempre – agora o olhar foi sério – que todos os colares de ouro e esmeralda, todos os pratos de tâmaras e doces com gergelim significam menos que a dádiva que você tem agora: tempo para contemplar e passear, tempo para se divertir sem precisar trabalhar. Quantos em nosso reino, quantos em todo o mundo, têm liberdade igual à sua? Lembre-se a quem você deve isso, também.

– A você? – Nikko indagou com audácia.

O ecônomo sorriu, agora um sorriso sincero.

– Não, ao Grande Rei.

Nikko errou a resposta, mas pôde notar que o ecônomo não ficou aborrecido. Ele bateu no braço da cadeira. Os carregadores se puseram a levá-lo, rumo aos seus deveres para com o Rei.

Agora Nikko tinha mais coisas a fazer na vida além de explorar. Não se esperava que eles se apresentassem mais do que uma ou duas vezes a cada lua. O Grande Rei tinha consciência de quanto trabalho cada performance exigia. Thetis era uma criança, apesar de toda a sua genialidade e se cansava facilmente. Talvez o Rei também não quisesse estragar o novo brinquedo.

Contudo, ainda restavam os treinos todas as manhãs, incluindo os alongamentos necessários para manter um acrobata ou dançarino flexível, assim como as acrobacias – pular, amparar, dar cambalhotas e saltos mortais, e a arte de segurar adagas ou malabarismo com bolas.

Mas eles nunca ensaiavam a própria dança, aquela que executariam na sequência para o Grande Rei. Cada vez que Orkestres tentava aprisionar Thetis numa rotina, ela balançava a cabeça e sentava nas pedras brancas da lareira de braços cruzados, olhando para o teto enquanto os outros tentavam fazê-la compreender.

E finalmente conseguiram. A dança de Thetis fluía do seu corpo de acordo com a música, a atmosfera da plateia e outras forças que eles jamais seriam capazes de identificar. Se ela falasse, talvez conseguisse explicar. Mas atualmente Thetis não emitia nenhum som em absoluto, nem sequer uma risada ou resmungos durante o sono. Às vezes, Nikko se perguntava se a promessa dela não quebrou qualquer feitiço que a bruxa realizou, e ela realmente não tinha voz, salvo pelos movimentos das mãos, o sorriso, a mágica silenciosa da dança.

Eles tinham outras aulas também: aulas de boas maneiras e etiqueta palaciana, agora que moravam tão perto do Grande Rei. Nikko estava aprendendo a cavalgar como qualquer outro aristocrata de Micenas aprenderia, mesmo sem ser um nobre e nunca ser convidado a cavalgar ou caçar com os filhos dos homens de Micenas. Quando ele saía a cavalo, era com o pajem ou o instrutor, não um amigo.

Na tarde seguinte à apresentação, um outro professor o abordou sem ser esperado por nenhum deles. Era o velho harpista cego da noite anterior, que acompanhou a música da sua canção. Um menino novo, trajando uma túnica branca e um manto de pele de leopardo, conduziu-o para dentro, depois sumiu quando o harpista acenou com uma das mãos para dispensá-lo.

Orkestres saiu às pressas do quarto. Curvou-se com reverência, embora o velho não pudesse vê-lo com aqueles olhos brancos como as nuvens.

– Senhor Orfeu. Você nos honra com a sua presença.

– Honra não é o motivo – a voz do ancião era firme e clara. – Não estou aqui para visitas, mas para trabalhar – virou-se, com uma precisão surpreendente, na direção de Nikko. – Você tem uma boa voz, menino, e sabe escutar a canção da Terra. Mas logo a sua voz mudará. Pode levar anos até ela amadurecer a ponto de que você consiga voltar a cantar adequadamente. A sua irmã vai precisar de outras melodias... e você também.

– Por que eu?

O velho sorriu. O cabelo pendia em mechas brancas, como grama morta há muito tempo, como se ele não se desse mais o trabalho de trançar e untá-lo com azeite.

– Há quanto tempo a sua alma ama a música? Há quanto tempo você escuta as canções do vento?

Nikko não respondeu.

O velho balançou a cabeça.

– Guie-me até um banco e sente-se ao meu lado. Eu o ensinarei a tocar a lira... pois suspeito que não me restem anos suficientes para ensiná-lo a tocar harpa... e, quando a dominar, vamos providenciar uma tartaruga para você.

– Uma tartaruga?

– Não me interrompa, garoto. Você sabe quantos anos eu tenho?

Nikko balançou a cabeça, depois lembrou que Orfeu não podia enxergar.

– Não.

– Cento e quatro, menino, se é que você sabe contar tanto assim, como os egípcios nos ensinaram. O que significa que lhe resta pouco tempo para aprender o que eu tenho a ensinar. Não deixe a sua boca roubar seus ouvidos. Agora, vamos começar. Para fazer uma lira, você precisa de um casco de tartaruga e madeira para as bordas e para ajudar a preservar a armação, especialmente no tempo úmido. Você precisa de cordas feitas com tripas de animais e a melhor é de leão. Você precisará aprender a fabricar e trocá-las, pois elas arrebentam justo quando se está prestes a tocar para o rei dos hiperbóreos e não há ninguém que possa lhe dar cordas novas por perto... Agora, pegue esta lira e passe os dedos nas cordas.

Foi como se Nikko sempre soubesse que a música estava ali. Agora, afinal, ele aprenderia como controlar e trazê-la à tona.

De vez em quando, ele pensava que as aulas do harpista foram os momentos mais felizes da sua vida.

Eles nunca sabiam quando o Grande Rei os convocaria para dançar. Às vezes, parecia que ele seguia um capricho; outras vezes, era para impressionar um convidado. Em uma ou duas ocasiões, Nikko se perguntou se ele chamou Thetis porque estava zangado ou triste. Naquelas noites, o barulho do salão de banquetes diminuía quando eles entravam, como se ninguém ousasse falar alto demais por medo de aborrecer o Rei. Mas, quando eles terminavam, o Rei sempre estava sorridente, as nuvens se elevavam no salão, como se Thetis fosse um sol pequenino evaporando o orvalho.

A dança nunca era longa, talvez porque Thetis ainda fosse nova demais para conceber uma dança mais extensa, ou talvez ela já soubesse que um número curto deixaria a plateia ansiosa por mais. O Rei demonstrava aceitar as danças quase como uma oferenda e deixava Thetis determinar quanto tempo eles se apresentavam. Porém, todas as vezes, no final da dança, as suas asas esvoaçavam diante do trono.

Ela possuía muitas asas agora. Peças de seda passadas de mão em mão, de camelo para cavalo e para um longo navio, até enfim chegar a Micenas, tingida em uma centena de tons, fios dourados, ouro em folha entremeado com os mais finos novelos de lã.

Cada uma das vezes, a multidão exalava o silêncio que era o maior aplauso de todos, antes da aclamação.

Certas vezes, Nikko se perguntava se o gênio da irmã provinha da sua falta de palavras, se ela usava o corpo para se comunicar com o mundo.

Havia outros artistas também, mesmo nas noites em que eles dançavam; o harpista, garotos com alaúdes e garotas que dançavam com roupas transparentes, interpretando uma história. Até os nobres cantavam, às vezes, canções em homenagem ao Rei, ou canções de bebedeira, marcando o compasso com as taças.

No entanto, durante aquele verão inteiro, quando havia convidados importantes, reis que governavam as suas próprias terras, mas prestavam obediência – e tributos – ao Grande Rei de Micenas, era a Thetis e Nikko que ele convocava.

Era comum um rei visitante oferecer um presente aos artistas que mais admirasse. Thetis logo ganhou broches de prata, mantos de pele de leopardo, um cinturão de turquesa. Até ofereciam um presente a Nikko de vez em quando – por educação, acreditava ele, pois ele era apenas a rocha sobre a qual a irmã dançava.

Mas a maioria dos presentes provinha do Grande Rei – não só os grandiosos, mas presentes mais singelos, com um significado por trás: uma borboleta feita de ouro, uma veste com borboletas bordadas na barra, uma taça de ouro, com borboletas gravadas. Certa manhã, havia uma gaiola de ouro com um pássaro de plumagem colorida. Thetis a tomou do servo, sorrindo em agradecimento (agora Micenas inteira aparentava aceitar que a Borboleta nunca falava).

Durante três manhãs, o pássaro cantou, contemplando o céu da sua gaiola. Na quarta, quando Nikko entrou no salão principal para buscar o café da manhã, ele viu que a porta da gaiola estava aberta e que o pássaro havia fugido.

Capítulo 7

Era início de verão, o céu sublime e azul, como um nobre que envergava um manto colorido que pendia no alto da terra. Naquela tarde, Nikko e Thetis haviam dançado no terraço amuralhado do Grande Rei, pois as pedras de Micenas exalavam calor. Nas estradas e nas casas mais baixas, era quase como se o ar fosse denso demais para se mover. Somente havia brisa no alto do palácio.

Hoje, o Rei não estava sentado no trono, mas numa grande cadeira de ébano, com pés de leão. Mas a cadeira era bem alta, na sua plataforma, para que visse os campos e o mar abaixo: o mundo que ele dominava.

O filhote de leão se foi. Nikko não sabia para onde. Supôs que ele cresceu demais para ser seguro, mordeu o Rei, talvez, com os dentes de bebê. O Rei estava sentado com o colo livre agora, a espada e as lanças ao seu lado.

"O que será que o Rei fazia quando os filhotes ficavam grandes demais?", lucubrou Nikko. Será que havia uma nova pele de leão para a cama do Rei?

Esta noite não havia sinais de Xurtis. A senhora possuía os próprios aposentos e deveres no templo. Ela se reunia a eles quando queria.

O harpista começou a tocar acordes suaves que podiam variar conforme a dança. De algum modo, o velho sabia que compasso e clima eram adequados à coreografia pelos suspiros na plateia e o farfalhar das vestes de Thetis.

Como sempre, Orkestres e Dora permaneciam nos bastidores. Eles não participavam da dança, tampouco eram servos ou convidados nos banquetes. Mas ninguém questionava o direito deles de ficar parados na entrada todas as noites, usando as mais puras sedas e as joias mais preciosas, os cabelos untados com azeite, os rostos caprichosamente maquiados como se eles também fossem se apresentar, respirando o júbilo quando os seus pupilos deixavam a plateia boquiaberta.

Naquela tarde, Nikko espiou Thetis quando eles fizeram, com graça, a primeira reverência diante do trono, na tentativa de descobrir como ela pretendia iniciar a dança, pronto para pegá-la como esperado. Atualmente, o seu papel se reduzia a estar onde quer que Thetis precisasse dele – para segurar seus tornozelos e dar apoio para que ela saltasse nos ombros dele e então tomar impulso, para ajudá-la a decolar nos voos pelo salão.

Quaisquer pulos e saltos mortais da sua parte distrairiam a atenção de Thetis. Ela era a grande estrela, não ele. Mas o seu papel exigia tanto quanto era essencial. Ele precisava seguir cada movimento de Thetis, prever onde ela precisaria dele a seguir, permanecer firme como uma rocha.

Thetis lançou um discreto olhar de advertência para Nikko, e depois saltou, primeiro nos ombros dele, depois sobre o muro baixo de pedra que cercava o terraço.

Sem parar, ela girava sobre um dos pés e depois o outro, as asas diáfanas esvoaçantes ao redor dela, como se estivesse abarcando o mundo todo pelo Rei.

Então Thetis planava até o chão, mas não perto de Nikko. Ela se ajoelhava aos pés do Grande Rei e erguia a espada dele, como que para presenteá-lo.

Intrigado, o Rei a fitava. Sorria, e apanhava a espada, segurando-a de comprido sobre o colo como Thetis indicou, o punho e a ponta da lâmina repousando nos braços da cadeira.

Thetis começou a girar na frente do trono, rodopiando sem parar da maneira como Dora havia ensinado, mantendo a cabeça imóvel enquanto o corpo se movia, depois a inclinando para frente de novo, para não ficar tonta. De repente, ela parou, tocando os braços do trono de ébano levemente com as mãos. Thetis tomou um ligeiro impulso, e de súbito estava pairando no colo do Grande Rei, os pés pousados sobre a espada.

Nikko paralisou. Se bastava uma gota se sangue na espada para matar uma dançarina, o que uma gota de sangue no colo do Grande Rei causaria a todos eles?

Quando Thetis se pôs a deslizar até a ponta da lâmina, a multidão tomou fôlego, assombrada demais para cochichar. Lenta, lentamente ela deixou o corpo pender ao longo da espada, até que afinal se deteve sobre a superfície, as asas cobrindo o colo do Grande Rei.

A música parou. Não se ouvia nenhum ruído no terraço, nenhuma voz, nem mesmo respiração, apenas uma águia no céu, que olhava para baixo curiosa, e o suave murmúrio do vento.

Thetis estava tão imóvel que Nikko, de repente, pensou que ela estivesse morta, ou que tivesse se cortado na espada, mas se recusasse a se mexer e revelar a sua agonia. Então, ela finalmente ergueu o rosto, empinou o corpo; tocou os braços do trono outra vez, depois deu um salto mortal de costas até o chão na frente do Rei. Seu corpo estava curvado, mas o rosto o encarava.

Seguiu-se o costumeiro momento de assombro quando a plateia retornava aos poucos do encantamento da dança e então os ofegos, o sapateado e os aplausos de uma multidão enlouquecida. Nikko, porém, olhava fixo, pasmo com a expressão no rosto da irmã.

Aquilo não foi nenhuma dádiva de amor, de submissão. Só ele sabia por que Thetis se arriscou tanto, apostando a própria vida para dar ao Rei o presente daquela estranha dança.

O Grande Rei governava com a espada, não por direito divino ou pelas próprias qualidades. E Thetis acabou de lhe dizer isso, ela lhe contou a verdade que ninguém mais ousaria proferir em voz alta. A corte inteira viu.

Mas entre todos os homens no salão – os nobres, os guardas e os soldados – o irmão dela foi o único que compreendeu.

Capítulo 8

Ainda era verão. Um bom ano, ao contrário do anterior. A chuva caía, o sol atraía os caules dos cereais para fora da terra. Ouvia-se até rumores de que agora que a Borboleta viera para proteger o Rei, o seu encanto se estendia ao reino inteiro, pois o Rei Leão não era o coração e a cabeça da sua própria terra?

Uma nova moda apareceu entre os homens e mulheres da corte: joias em forma de borboleta para prender os cabelos e xales separados no meio para parecer asas.

Aqui, em Micenas, era mais quente do que na velha montanha natal. Entre as muralhas de pedra, o ar transpirava, como se as muralhas fossem o corpo do Rei.

Era pleno verão, um dia de céu azul e calor dourado, quando uma das sacerdotisas apareceu na residência deles.

Nikko abriu a porta para ela. Ele andava ensaiando uma nova canção na sala principal e havia dispensado os servos. Cantarolar uma melodia antes que o Rei a ouvisse não seria bom para um servo.

Como todas as sacerdotisas, esta trajava o avental da Mãe. O dela trazia espigas de trigo bordadas e uma faixa apertada na cintura. O avental era pequeno demais para cobrir os seios, pois um deles escapava, bronzeado, como era moda para as ricas de Micenas. Ela era jovem, talvez da idade de Nikko, mas olhou para ele sem interesse.

– A minha senhora deseja ver a sua irmã.

– A sua senhora?

A menina o fitou como se ele ainda fosse um pastor ignorante.

– A senhora Xurtis, alta-sacerdotisa da Mãe.

Nikko concordou com a cabeça.

— Dora está ajustando a sua roupa nova. Eu contarei a ela. Vou buscar meu manto.

Não era correto que moças solteiras perambulassem por Micenas desacompanhadas, a menos que fossem escravas ou servas. Não que Thetis se preocupasse muito com isso — Nikko suspeitava que ela ainda saía às escondidas mais do que Orkestres ou Dora jamais sonhariam.

— Só a sua irmã, mestre acrobata — a voz da sacerdotisa foi firme. — É dia do sacrifício da colheita. Minha senhora ordenou que eu levasse a Borboleta.

Sacrifício? Foi como se uma lança houvesse trespassado o coração dele. Em casa, o chefe matava os melhores cabritos do ano na primeira colheita. O que eles ofereceriam em sacrifício num lugar tão rico quanto esse?

Um boi? Um cavalo real?

A dançarina favorita do Rei?

Mais uma vez a sua mente lhe mostrou os corpos pendurados nas árvores. Essa era uma terra pacífica, até você se lembrar que ela repousava sobre sangue.

Nikko tentou pensar com mais clareza. *A alma do Rei permanecerá a salvo enquanto a Borboleta dançar.* A própria Xurtis dissera isso... sem dúvida, não significava que Thetis estava a salvo? A menos que sacrificá-la agora significasse que ela dançaria para o Rei eternamente, nas profundezas do submundo. Nikko ouviu falar que, quando os reis morrem, seus cavalos e escravos prediletos são mortos para servir o mestre na próxima encarnação.

Na sua aldeia natal, a religião era simples. Você faz um sacrifício e torce para que a oferenda seja o bastante para agradar a Mãe Terra. Aqui as coisas eram complicadas: sussurros estranhos por trás das portas.

Nikko encarou os olhos da sacerdotisa. Estavam pintados da maneira como agora ele pintava os seus, delineados com fuligem negra para torná-los maiores, e os lábios dela tinham ruge como os dele. Ela exalava um perfume estranho, não de flores, diferente dos óleos aromáticos que

Dora usava para massagear os músculos cansados, mas de especiarias, nem agradáveis nem desagradáveis, simplesmente estranho.

– É proibida a entrada de homens?

A sacerdotisa se mostrou confusa, como se nenhum homem já tivesse feito essa pergunta antes.

– Eu não sei. Ninguém nunca disse que é proibido. A minha senhora só me disse para levar a Borboleta...

– Então eu também vou.

Antes de sair para avisar Thetis, Nikko vestiu a sua melhor túnica, com arremates de ouro nas mangas e na barra, e um cinto dourado.

Ela estava com Dora, misturando uma das pomadas que a mãe adotiva passava nos músculos de Orkestres antes de dormir. Embora a dor de Orkestres fosse mais amena agora que ele dormia numa cama aquecida, as articulações ainda ficavam inchadas pela manhã.

Após ouvir a história, Thetis espiou Dora e colocou a mão no braço dele. A mão dela parecia diferente agora, percebeu Nikko, perdendo os calos e o bronzeado da aldeia.

Ela sorriu, balançou a cabeça, então estendeu uma das mãos para tocar os lábios dele, erguendo-os para fazê-lo sorrir.

Será que ela queria dizer para ele não se preocupar? Será que de alguma forma ela já descobriu o que seria sacrificado?

Dora notou a apreensão na voz dele.

– Não se preocupe, minha ovelha. É uma honra. Ninguém fará nenhum mal a ela.

– Eu vou junto.

Dora ergueu as sobrancelhas. Elas eram finas e ralas, à moda do palácio, e agora douradas nas pontas. O cabelo estava mais dourado do que nunca e preso com uma argola de prata.

– Duvido que deixem você ver o sacrifício. É coisa de mulher... de sacerdotisas, não de mulheres como eu – passou a escova de cabelos para Thetis. – Agora, arrume-se: prenda o cabelo com uma tiara de ouro, eu acho, não solto ou em tranças. A ocasião é séria e a sua aparência deve ser a melhor possível. A sua túnica amarela, o cinto vermelho de couro e o xale de seda com borboletas.

Afinal ela ficou pronta. Nikko acompanhou a irmã até o salão principal.

A sacerdotisa não tornou a falar, simplesmente conduziu os dois para fora da sua ala no palácio. Nikko calculou que eles entrariam por uma das outras portas imponentes, ou até seguiriam a estrada de pedra branca polida rumo a sabe-se lá onde seria o sacrifício. Mas, em vez disso, a sacerdotisa percorreu uma alameda estreita entre o palácio e as muralhas da cidade. Em seguida, esgueirou-se para dentro de uma fenda que parecia praticamente deixada ali para ventilar o aposento do andar de cima.

Nikko sentiu os pelos na nuca arrepiarem. Aonde eles estavam indo? Por que o mistério? Na aldeia, o sacrifício era realizado perto do grande altar, por onde todo mundo podia passar. O que estavam fazendo aqui, debaixo do palácio, aqui na escuridão quase subterrânea?

Ele olhou em volta. Agora que os olhos começavam a se acostumar com a penumbra, ele conseguiu enxergar lamparinas de azeite, cujo brilho indicava uma passagem entre grandes ânforas de pedra com grãos, arcas gigantes, longos fios de figos secos, cebolas, alho, entre outras coisas que Nikko não reconheceu. Os compartimentos cheiravam a mofo, especiarias e terra – e morte.

A próxima lamparina ficava ao lado de uma coluna. De início, Nikko pensou que a base fosse pintada de marrom ferrugem. Então ele viu que o vermelho era sangue, seco em coágulos como se houvesse escorrido pegajosamente de uma urna. De repente, ele avistou ossos, também escuros com sangue seco, empilhados como se a vítima tivesse sido esquartejada.

– Por quê? – ele apontou os ossos dos mortos próximos à coluna, envergonhado porque a voz saiu como um sussurro.

A sacerdotisa deu de ombros, como se estivesse tão acostumada a passar por esqueletos que, de fato, não os enxergava mais, como se eles não possuíssem nome ou qualquer finalidade além de servir o Rei.

– Isto é um sacrifício, para que Poseidon não derrube as colunas e deixe o nosso palácio cair. O corpo de um homem sob cada pilastra; o corpo de um homem na superfície para protegê-los. Oferecer o sangue de um galo a cada lua nova, para conservar o poder das mortes para que eles possam proteger a casa.

– É... é esse o sacrifício que nós vamos assistir agora?

Ela balançou a cabeça.

A trilha se bifurcou em meio às sombras. Nikko olhou para Thetis. A criança se mostrava calma, nem chocada nem horrorizada... nem curiosa em relação aos objetos indistintos de ambos os lados. "Ela já esteve aqui", concluiu Nikko. Thetis via tudo.

De repente, eles estavam de volta à luz do dia. Era um pátio cercado em três lados pelos muros de pedras brutas do palácio. O quarto tinha o formato acinzentado de um penhasco, íngreme demais para se escalar, mas Nikko podia ver o zimbro verde-acinzentado que havia agarrado no alto, e os veios brancos abaixo de um ninho de ave encravado numa greta.

A maior parte do pátio era pavimentada com pedras. Mas no centro havia um trecho de mato, que batia na cintura de Nikko. "Trigo", deduziu ele; as espigas pendiam maduras e pesadas. Ele só tinha visto trigo pela primeira vez em Micenas – a sua aldeia era elevada e rochosa demais para o plantio. Mas o pão e os bolos feitos de trigo eram melhores que os de cevada. "Trigo para o palácio", concluiu Nikko, "cevada para os camponeses".

Salvo pelo canteiro de trigo, o pátio era deserto.

– O que...? – começou Nikko.

A sacerdotisa ergueu a mão em sinal de silêncio.

Alguém se aproximava. Muitos alguéns... uma fila de sacerdotisas, todas vestindo o avental da Mãe, com as cabeças cobertas por véus de lã fina; jovens, idosas, todas cabisbaixas, todas caladas. E então a Alta Sacerdotisa, Xurtis, a irmã do Rei.

Ela também vestia o avental, mas o seu era folheado a ouro. A saia era vermelha, com uma barra de ouro e o véu também tinha enfeites dourados.

Os pés da Alta Sacerdotisa estavam descalços e os calcanhares, corados. Em uma das mãos, ela segurava uma foice, como as que as mulheres da aldeia usavam para ceifar a cevada. Mas esta era feita de bronze e ouro, não madeira e pedras de sílex. Ele sentiu quando ela o avistou através do véu.

Nikko supôs que ela o mandaria ir embora. Mas, em vez disso, ela sorriu.

– Menino corajoso – a voz ecoou no penhasco.

– Por quê?

Xurtis deu uma gargalhada, mostrando os dentes fortes e brancos.

– Você sabe o que é isso, garoto? – ela apontou o trigal. – Isso é o grão sagrado, fertilizado a cada inverno com o sangue do Rei.

– Mas...

Ela tornou a sorrir.

– Não, não o sangue do meu irmão. Nós matamos um escravo que se veste como o Rei.

Nikko estremeceu. De repente, conseguiu sentir o cheiro do sangue no solo, sentir as sombras frias dos mortos, apesar do calor encurralado pelos muros e pelo despenhadeiro. Será que tudo em Micenas fora construído sobre sangue?

Xurtis ergueu uma das sobrancelhas.

– Você quer fugir? Ou pretende ficar?

Nikko segurou a mão de Thetis.

– Eu fico.

Ela balançou a cabeça com aprovação.

– Eu gosto de você, menino. Você tem força, assim como a sua irmã. E juntos vocês são ainda mais fortes... – fechou os olhos um momento. – Vocês precisarão dessa força. Todos nós precisaremos... – seus olhos se abriram novamente. Ela piscou, como se estivesse surpresa pelo que disse. As outras mulheres a observavam, também, como se isso não fosse parte do ritual.

– Qual é o sacrifício de hoje? – Nikko percebeu que estava quase sussurrando.

– Eu creio – ela falou baixinho – que já respondi o bastante. Você pode ficar, menino. Mas chega de perguntas. Fique próximo à entrada. Isto agora é para mulheres.

Nikko hesitou. Thetis lhe sorriu e acenou com a mão.

Assim, ele bateu em retirada.

De costas para a muralha quente do palácio, Nikko assistia. Xurtis ergueu a foice de ouro. Desferiu um pequeno golpe com precisão. Os ramos de trigo caíram nos seus braços.

De súbito, todas as mulheres e meninas sorriam, como se este fosse o melhor de todos os presságios. "Talvez isso seja mais semelhante com a aldeia do que eu imaginava", pensou Nikko. Se o trigo ou o grão cai no chão, é um mau presságio. E esta deve ser a primeira colheita de trigo do reino inteiro, amadurecendo prematuramente aqui, no calor do pátio.

Devagar, Xurtis descascou uma das espigas de trigo. Mastigou um dos grãos, depois ofereceu um a cada uma das mulheres presentes – inclusive Thetis.

"Mas não para mim", pensou Nikko. Ele não se importou. Sementes, grãos e mudas de plantas eram coisas de mulher. E agora que Thetis aparentemente não corria perigo ele estava fascinado.

Xurtis espalhou os ramos de trigo no restolho verde. "Eles também retornarão ao solo", Nikko refletiu, os ramos mortos deste ano alimentando as plantas vivas da próxima primavera.

Ele se endireitou, acreditando que a cerimônia havia se encerrado. De fato, agora as sacerdotisas formavam fila, menos Xurtis e Thetis.

Xurtis se virou para ele.

– Você quer assistir a isso também, menino?

– Sim.

Xurtis riu.

– Ainda protegendo a sua irmã? Não pense que você pode me sobrepujar. Eu pertenço à Mãe. Ataque-me e ela o atacará de volta.

– Como?

– Desse jeito, talvez.

Ela se ajoelhou e chamou Thetis, que se agachou ao seu lado.

"Thetis ainda não parece assustada", pensou Nikko. "Nem curiosa. Ela também já viu isso..."

De repente, ele notou uma pequena fissura no penhasco. Algo se moveu: uma cabeça estreita, espiando para fora da escuridão, uma língua bifurcada.

Cobra!

Nikko quase deu um salto para arrastar Thetis dali. Mas a expressão no rosto dela o deteve. Ela estendeu uma das mãos. A cobra tocou os dedos dela com a língua, depois começou a deslizar para fora em direção à luz do dia.

Ela era grande – imensa – o corpo tão grosso quanto o braço dele, e com padrões estranhos também. Ele nunca havia visto uma cobra tão grande ou com uma pele semelhante.

Tão logo Thetis estendeu os braços, a cobra se ergueu. Antes que Nikko pudesse se mexer, o grande réptil se entrelaçou nos braços dela e Thetis segurou sua cauda, como que para controlá-la.

Xurtis também assistia incrédula.

– Eu nunca vi... – começou. Parou, admirando a maneira familiar como Thetis manejava a cobra. – Esta é a serpente, a guardiã de todas nós. Se a serpente sair, é um bom presságio, um presságio melhor ainda caso ela coma. Se ela não sair de jeito nenhum... – balançou a cabeça. Nikko ficou sobressaltado ao reparar que ela tremia. – Como a serpente pode vir até você, criança? Eu sou a sacerdotisa desta casa: ela só conhece a mim. Que mágica você aprendeu no alto da sua montanha?

Thetis a fitou, um sorrisinho no rosto. "Um sorriso inocente demais", notou Nikko.

Thetis esteve aqui antes. Ela observou a sacerdotisa com a cobra; retornou, sozinha, naquelas vezes, em que Orkestres e Dora pensavam que ela estava ensaiando no quarto ou dormindo antes de dançar.

Não era mágica. Apenas uma menina curiosa, uma menina destemida, que queria observar como o mundo funcionava... e que nunca falava, assim ninguém sabia o que ela havia aprendido.

Exceto, às vezes, o irmão.

Thetis estendeu a palma aberta para Xurtis.

A Alta Sacerdotisa se mostrou ainda mais estupefata. Enfiou a mão numa sacola na cintura, da mesma cor da saia, e tirou alguma coisa pequena que se debatia.

Um rato. Enquanto Nikko observava, ela o entregou a Thetis.

A cobra atacou. O rato se foi.

Ela era sua irmã... mas Nikko tremeu mesmo assim. Há poucos segundos, aquele rato estava quente e respirando. Agora jazia dentro da cobra.

Mas as cobras devem comer... e ele comia carne. Caçava, matava animais muito maiores que um rato.

Xurtis exultava em aplauso. Esse foi o melhor dos presságios possíveis. A tremedeira de Nikko cessou. Mas, apesar disso, ele começou a ver a irmã com outros olhos.

Capítulo 9

Chegou o outono: a época do tributo. Desta vez, quando as comitivas de cobradores de impostos partiram, Nikko e Thetis os seguiram, acompanhados de Orkestres e Dora, além dos próprios servos – agora não mais em pôneis, mas num navio rumo à Atenas.

O Grande Rei sorriu ao lhes dar a ordem após o número de dança.

– Os tributos de Atenas são altos, vejam. Trata-se de uma cidade rica situada numa planície fértil. É só por isso eu que lhes envio o que tenho de melhor, a minha Borboleta, pois Atenas me dá o seu melhor em azeite e trigo também.

Às vezes, depois da dança, conforme aumentavam as sombras da tarde, Thetis e Nikko eram convidados para sentar à mesa do Rei. Praticamente se desconhecia casos de mulheres, muito menos uma menina, que se sentaram à mesa com os homens, muito menos o Grande Rei.

Porém, Thetis era a Borboleta. De algum jeito, até o fato de não falar aumentava a sua aura de mistério. Às vezes, Nikko olhava o rosto da irmã e se perguntava o que ela estaria pensando. A criança observadora disse coisas desagradáveis na pequena aldeia natal de ambos. Agora os dois escutavam nobres conversarem sobre a caçada e reis discutirem alianças, problemas nas fronteiras e um possível ataque da nação mercantilista rival, do lado oposto do mar, em Troia.

Os olhos de Thetis observavam. Era quase possível sentir a intensidade dos seus pensamentos. As palavras de Thetis poderiam matá-los.

Ela havia sido perigosa o bastante quando criança na aldeia. Que coisas Thetis poderia dizer agora se falasse?

Mas ela permanecia muda. "E estava feliz", Nikko pensou, muito mais feliz do que qualquer um deles sonhou ser possível na aldeia. Amada por Dora e Orkestres; adorada por aqueles que a viam dançar; louvada pelo Grande Rei; presenteada com todo o conforto e glória do maior reino do mundo.

E agora eles conheceriam Atenas como convidados de honra e emissários do Grande Rei.

E ele veria o mar de perto.

Capítulo 10

O mar cheirava a suor e peixe. Num instante, ele podia parecer mais brilhante até que os olhos de Thetis quando ela dançava; no instante seguinte, uma nuvem encobria o sol, e o mar parecia uma criança emburrada.

E se movia. Justo quando você pensa ter visto para que lado vai, uma onda quebra em qualquer direção.

Nikko ficou contente porque o navio era grande, quase tão longo quanto o terraço do Grande Rei. A figura de proa era um leão com presas pintadas de dourado e olhos de ouro. Havia uma ponte de navegação para o capitão e um mestre-remador. Ainda havia fileiras de remadores, escravos do Grande Rei, cada um agrilhoado ao remo por uma corrente de bronze. Muitos remadores tinham a pele negra, como alguns dos servos e guardas que Nikko viu em Micenas. Mas estes não usavam peles de leão nos ombros, somente a tanga manchada de um escravo.

A popa do navio era dividida em duas seções. A primeira, com um toldo de couro de bode, era para os soldados cobradores de impostos e servos; a segunda, um pouco mais alta no navio, era para Thetis e Nikko, além de Dora e Orkestres, que os guiariam na missão em Atenas. Nikko havia jantado com reis, mas dificilmente tinha experiência o bastante para ser um embaixador. Orkestres talvez não possuísse mais a flexibilidade para ser um grande acrobata, mas ele e Dora haviam sido convidados de honra em muitos palácios no passado. Eram certamente capazes de orientar Thetis e Nikko na etiqueta esperada pelos reis provincianos.

O vento os açoitava, os pássaros gritavam no céu. Às vezes, golfinhos apostavam corrida com o navio, mergulhando por baixo da proa e depois saltando à superfície. Thetis batia palmas e ria, seguindo-os com os olhos. "Ela vai incluí-los na dança", supôs Nikko. "E ninguém além de mim saberá que a Borboleta está saltando como um golfinho."

Outras vezes, eles avistavam uma aldeia na praia, e figuras humanas tão pequenas quanto bonecas reis e donzelas de milho, que as sacerdotisas faziam todos os anos. Elas estavam defumando peixe nas fogueiras ou remendando redes de pesca. Numa ocasião, eles viram um navio encalhado na areia. Nikko perguntou se ele havia naufragado, mas o capitão riu.

– Piratas. Se você e a menina não estivessem aqui, nós navegaríamos até a rebentação e acabaríamos com o bando todo – deu de ombros. – Talvez eles continuem por perto após deixarmos vocês a salvo em Atenas. Nós voltaremos e daremos uma olhada antes de buscá-los – tornou a olhar a praia. – O Grande Rei não gosta de piratas roubando o seu povo.

Nikko sentiu a mão de Thetis na sua. Olhou para baixo. Ela sorria para ele, um sorriso maroto, que quase dizia: "O Grande Rei é o único com permissão para roubar o povo."

O porto de Atenas, Piraeus, era igual ao porto que eles haviam acabado de deixar, embora muito menor: cais de pedra com escoras de madeira onde os navios eram presos; cabanas de pesca e para secar peixe; armazéns para abrigar mercadorias antes que elas pudessem ser levadas ao palácio; mulheres em vestidos finos sorrindo para os marinheiros.

Piraeus estava acostumado aos navios, mas não, aparentemente, navios tão imensos quanto esse. As grandes naus mercantis de Troia, Creta, Egito ou dos hititas só aportavam em Micenas, não aqui. Uma multidão se reuniu enquanto o capitão e o mestre da tripulação prendiam o navio do Grande Rei: mulheres espiavam das portas, esquecendo a modéstia em meio à empolgação; crianças se espremiam por entre as pernas delas, os olhos arregalados para os forasteiros.

De repente, Nikko percebeu o que eles olhavam: uma menina com a aparência de uma princesa ou sacerdotisa, a cabeça altiva, vestida de seda. Prendedor de prata nos cabelos; ouro em torno do pescoço, pulsos e tornozelos; os pés eram pés palacianos macios e brancos que hoje não conheciam nada mais áspero que um tapete ou o piso de pedra polida do terraço; ametistas reluziam na barra do vestido.

E quando olhavam para ele? O cabelo fora preso em uma dúzia de tranças e untado com azeite até brilhar, os olhos estavam delineados com kohl, a cintura marcada por um cinto de ouro. A sua toga cintilava com fios de ametista e prata, e a pele havia sido raspada e untada com óleo até brilhar, como os cabelos.

Eles não eram mais crianças da montanha. Eram a maior honraria que o Grande Rei podia conceder ao seu vassalo, o rei de Atenas – a sua Borboleta e o irmão, que era a rocha que apoiava a dança dela.

Carruagens os aguardavam, os aurigas em couro polido para que os convidados os reconhecessem como os cocheiros particulares do Rei, e cavalos gigantes, como aqueles que os nobres montavam em Micenas, tão diferentes dos pôneis abarrotados nos quais eles deixaram a montanha.

Thetis seguiu com Dora de acompanhante. Nikko e Orkestres estavam em carruagens separadas, uma de cada lado da delas. A viagem foi tranquila: os sulcos na estrada eram preenchidos com seixos. Logo depois do porto, a relva adquiria uma tonalidade marrom sob o sol de outono, pronta para ser cortada e transformada em feno; as oliveiras refulgiam poeirentas; e no ponto mais alto, entre colinas verdes, jazia a gigantesca Pedra de Atenas. Uma linha negra que devia ser uma trilha conduzia ao topo. Imponentes, sobre o amplo pico da rocha, havia colunas e muralhas cor-de-rosa, com quadrados em azul e branco.

O auriga notou o espanto de Nikko.

– A nossa rocha foi colocada ali por gigantes, antes de o homem sequer rastejar sobre a terra.

Eles chegaram mais perto. Apesar da poeira levantada pelas rodas, Nikko podia ver os muros de madeira que circundavam a pedra – surpreendentemente semelhante aos muros da sua própria aldeia, embora muito mais grandioso. O portão se achava aberto, o arco alto o bastante para dar passagem a uma carruagem. Do lado de dentro dos muros, as familiares casas de pedra e telhado de palha se aglomeravam ao redor da praça do mercado com leitões barulhentos e ânforas de azeite.

A estrada continuava, trilhando a subida da encosta íngreme de um lado para o outro. E então a encosta se tornou mais íngreme ainda.

Mas não havia nenhuma necessidade de caminhar. Liteiras de duas hastes esperavam por eles: ébano incrustado com turquesa, com almofadas bordadas de lã macia – e escravos para segurar cada ponta das hastes. Do alto, guardas observavam, lanças em punho, capacetes de couro e togas lustrosas muito semelhantes àquelas usadas pelos soldados do Grande Rei. Mais abaixo, havia campos de grão e oliveiras e, ao longe, o mar; o navio no qual eles tinham viajado agora era pequeno demais para se avistar. Em seguida, eles atravessaram a padieira do palácio, que se assemelhava à de Micenas, mas tinha uma serpente pintada, não um carneiro.

Por toda parte agora, viam-se casas de pedra, pintadas em cores vibrantes, exatamente como em Micenas, e então a grande entrada do próprio palácio. Até as lajotas e as pinturas nas paredes lembraram a Nikko a residência do Grande Rei.

Ele desceu da liteira e estendeu a mão para ajudar Thetis a saltar – uma gentileza, já que ela teria pulado de uma cadeira para a outra e executado alguns saltos mortais no caminho. Então lhes mostraram os seus aposentos, menores do que em casa, mas com todo o luxo que Atenas era capaz de produzir: servos traziam uvas, figos e suco de romã; água para lavar os pés com panos mornos macios, apesar de não lhes terem permitido tocar a poeira da estrada e, por fim, uma banheira de alabastro e óleos aromáticos.

Tudo era muito parecido com Micenas. Até o salão de banquetes naquela noite era quase igual – o tilintar das taças, o grito quando um escravo derramava vinho. A principal diferença eram as roupas: os homens usavam coletes de couro, em vez de peitos nus untados com azeite, e espadas nas cinturas, como se a qualquer momento pudessem ter que defender o palácio.

"É o que significa", pensou Nikko, "ser apenas um rei em vez de um Grande Rei".

As demais diferenças não passavam de um mero borrão: os padrões dos ladrilhos e o próprio rei Menesteu, um homem idoso com barba grisalha enrolada em pequenas argolas e cicatrizes de espada logo acima dos cotovelos, onde o bracelete e o colete de couro não podiam proteger. Algumas mulheres também estavam presentes no banquete, embora se sentassem a outra mesa e não fossem apresentadas. "A esposa e as filhas do rei, talvez", deduziu Nikko, "e as sacerdotisas mais importantes da Mãe".

Nada de danças novas esta noite – por que se preocupar, quando ninguém em Atenas havia visto os dois se apresentarem antes? Os ofegos, a aclamação, os suspiros arrancados pela graciosidade e pelos voos de Thetis foram idênticos aos que se ouviam em casa, assim como os olhares femininos para Nikko, admirando e supondo quantos anos ele teria exatamente.

E enfim o banquete.

Em Micenas, os convidados reais já teriam comido a parte principal da refeição antes de os artistas serem chamados para dançar. Aqui, como uma honra à Thetis e Nikko, a dança começava primeiro, de maneira que eles pudessem participar do banquete.

Eles se sentaram em cadeiras de ambos os lados do rei, com o resto da corte em bancos mais afastados. Trouxeram um assado atrás do outro. Servos suavam para carregar um urso assado inteiro no espeto, deixando a gordura quente pingar nas lajotas; outros servos receberam cargas mais modestas de cabrito, carneiro, leitão ou pernil de boi assados, bandejas de pombos sobre camadas de agrião ou azedinha. O próprio rei apontou as porções mais seletas para que as fatias fossem cortadas e servidas aos convidados.

O banquete parecia interminável, especialmente porque Nikko nem Thetis estavam acostumados a fazer refeições pesadas após a dança.

Bandejas de uvas, massas de gergelim, figos e romãs foram depositados na mesa, com rodelas frescas de queijo branco de ovelha. O rei estava conversando: algo sobre uma caçada e o seu melhor cavalo.

Nikko abafou um bocejo. Ele não tinha nada em comum com ninguém aqui, exceto aqueles com aqueles que o acompanharam na viagem.

– Então pensamos que o havíamos perdido – comentava o rei –, mas Cabeça de Machado galopou mato adentro e... – ele se calou, a boca aberta, um pedaço de figo grudado num dente marrom.

Nikko seguiu o seu olhar. Algo se moveu no piso de lajotas azuis e brancas, algo com um padrão semelhante aos ladrilhos, mas em tons de marrom e oliva. Algo mais comprido que um homem, tão grosso quanto o seu antebraço, a cabeça delgada erguida e curiosa.

Subitamente, a multidão caiu em silêncio.

Nikko espiou Thetis, cujos dedos esguios partiam uma casca de pão. Ela não olhou para o chão, nem espiou de lado quando a cobra se enroscou na cadeira dela.

Mas ela sabe que a cobra está ali. "Sabia que ela apareceria", Nikko presumiu. E sabia antes que todos soubessem. Como sabia?

Porque ela observa. Os outros falam e escutam, mas Thetis pensa e enxerga.

A cobra se enrodilhou no colo dela. A cabeça surgiu acima da mesa; a língua tremulava, como que para sondar se ali havia alguma coisa de interessante. E então o corpo imenso tornou a deitar no colo de Thetis. Parecia que a cobra estava preste a dormir, ninada pelo seu calor.

Ninguém falou. O silêncio era tão agudo que parecia que as paredes do palácio iam rachar.

"Por quê?", pensou Nikko, desesperado. Todo o resto dos prodígios de Thetis que assombravam o mundo... ele compreendia todos esses.

Mas por que a cobra iria até ela?

De repente, Thetis lhe deu um sorriso discreto e íntimo. Ele dizia: "Irmão bobo. Pense! Os outros estão cochichando que isso foi uma mensagem da Mãe Terra, enviando a cobra do rei de Atenas para conhecer a Borboleta do rei de Micenas. Mas *você* sabe por que qualquer cobra pode se aproximar de mim.

"O cheiro da serpente", ele ponderou. Thetis brinca com a serpente em Micenas. E agora, aqui em Atenas, a serpente deles segue o cheiro da sua prima e vai até ela.

Sem mágica.

Simples olfato. E uma menina que permaneceu em silêncio, sorridente.

Nikko espiou em volta. Deveria contar aos outros? Ao menos sussurrar o segredo para o rei de Atenas, que continuava boquiaberto.

"Não", decidiu. Eles não queriam a verdade.

"Thetis teria lhes contado a verdade", pensou ele. Mais uma vez, Nikko se sentiu grato pela mudez da irmã. No momento, os nobres sentados ali, os guardas e escravos que serviam, todos tinham uma história para contar aos netos, uma história para ser passada de geração em geração.

"Alguém tinha que escrever uma canção", imaginou Nikko. Olhou novamente para a irmã, sentada tranquilamente com o grande réptil no colo. "Mas por mais que não contasse a verdade, eu não mentiria. A canção não será escrita por mim."

Capítulo 11

Aqueles foram os Anos da Borboleta.

Após seis anos de dança, ainda assombrando cada plateia, deixando-as com sonhos de borboletas, vislumbres de um mundo alegre, sem obediência às regras da terra. Seis colheitas, cada uma melhor do que a outra; seis viagens a este ou aquele palácio – Tirinte, Tebas, Orcômeno, Epidauro, Pilos –, a todas as grandes cidades do império, visitando províncias menores no caminho, para deixar o rei ou chefe delas orgulhoso e fazer os camponeses ofegarem de assombro.

Os anciãos diziam que a terra se tornou mais próspera do que nunca, agora que a Borboleta dançava para a alma do Grande Rei.

Thetis já era quase uma mulher, não mais a enjeitada da montanha em peles de cabra sujas, mas ainda pequena e esguia, os braços tão finos e graciosos como um feixe de trigo balouçante. Seus cabelos pendiam numa nuvem negra quando Dora os lavava e, para secá-los, fazia que ela se sentasse ao sol, no terraço, ou próxima à lareira de mármore com sua imensa fogueira, nos dias frios.

Nikko temia o que aconteceria sempre que o período menstrual da irmã chegava. Mas de alguma forma o Grande Rei jamais os convocava para uma apresentação durante tais dias. Por fim, ele deduziu que Dora devia cochichar para Xurtis, e Xurtis para o irmão, pois o período menstrual de uma mulher era sagrado para a Mãe e mau agouro para qualquer homem que por acaso visse o sangue.

No terceiro ano em Micenas, a voz de Nikko se debilitou, mas nessa época isso já não importava. Outros cantavam as suas músicas enquanto a sua garganta permanecia inconstante e tocavam a harpa ou a lira enquanto ele amparava os pés de Thetis e se transformava na rocha sobre a qual ela dançava.

O velho harpista faleceu no segundo ano dos irmãos em Micenas. As lendas já se espalhavam: que a sua música havia feito pedras virarem de cabeça para baixo na terra dos hiperbóreos; que ele morreu jovem, mas tocou tão lindamente no submundo que a Mãe tinha lhe permitido retornar à luz.

Hoje, nenhum músico em Micenas se equiparava a ele. Mas o harpista ensinou Nikko a escutar a música mentalmente, a descobrir as melodias no ar, no mar e no céu. Certas vezes, Nikko sentia que estava tecendo uma música com os dedos, ou com a sua nova voz mais poderosa, como os novelos de Dora na velha roca de fiar. Os novelos de Dora podiam ser mais tangíveis; "mas canções", refletiu ele, "podiam durar mais do que tecidos de lã".

Algumas das músicas que ele cantava enquanto Thetis dançava haviam sido compostas pelo velho harpista. Mas a maioria eram canções de sua própria autoria. Umas poucas ele aprendeu com outros professores – a história do mundo em trovas –, e um dia também poderia passar à frente. Pois é assim que as coisas funcionavam, que as proezas e invenções de homens e mulheres podiam ser transmitidas aos outros com o passar dos anos: por meio dos mestres da música.

Aqui no palácio, havia outro meio de transmitir conhecimento: com marcas feitas em tabletes de barro ou em potes envidraçados. Só uns poucos no palácio conheciam o significado daquelas marcas, talvez nem mesmo o próprio Grande Rei. Contudo, era assim que o ecônomo (agora ainda mais gordo e generoso com os favoritos do Rei) mantinha registros dos tributos – o vinho de Naxos; os figos e o azeite de Atenas; os grãos, os escravos e o ouro – que iam de navio ou em mulas, do outro lado do mundo até Micenas. Dora, que havia aprendido a escrever um pouco para manter os registros da tecelagem, ofereceu-se para arranjar um professor para Thetis, para que ela pudesse falar ao menos com sinais no barro. Mas Thetis balançou a cabeça, o semblante sombrio.

"As palavras ainda eram capazes de magoar", concluiu Nikko, quer rabiscadas no barro, quer proferidas.

Nikko também havia crescido. O pai era alto. Com uma alimentação melhor e um trabalho menos desgastante, Nikko era uma cabeça mais alto, robusto por causa da dança. Ele conservava o cabelo na altura dos ombros – longo o bastante para ficar bem preso sem cair nos olhos durante a apresentação. Hoje em dia, quando eles visitavam reis ou nobres como emissários do Grande Rei, Nikko montava um cavalo, um dos grandes animais do norte, duas vezes mais altos do que os pequenos pôneis montanheses que conheceu antigamente, enquanto Thetis continuava sendo conduzida numa carruagem por um dos aurigas do Grande Rei. Só as mais firmes das mãos e as mais hábeis espadas recebiam permissão para proteger a Borboleta do Grande Rei.

A essa altura, Nikko já sabia que nunca se tornaria um grande acrobata como Orkestres, nem que tivesse a chance. Ele era comprido demais, muito alto e musculoso – flexível o bastante para executar um salto mortal de costas, mas com o físico errado para arrancar suspiros da plateia por si mesmo. Ele era o apoiador, aquele que era forte e firme, não o que planava em voos brilhantes pelo ar.

Nessa época, ele ganhou outro aposento particular mais no fundo do terraço, distante dos demais. O ecônomo aceitou o seu pedido com uma sobrancelha erguida e um sorriso. O que os rapazes faziam à noite, às vezes, não era da conta das irmãs caçulas. E as mulheres que admiravam o apoiador da Borboleta – aristocratas, enfeitadas com joias e maquiadas, com babados de ouro nas saias e seios pintados de vermelho – também precisavam de discrição.

Agora era outono e a época dos tributos, mas este ano Nikko e Thetis não acompanhariam os cobradores de impostos como embaixadores. Dessa vez, o Grande Rei convidou os reis vassalos a virem até ele. Aconteceria um grande banquete – o maior jamais visto – para celebrar a colheita de outono, assim como um sacrifício para a estação vindoura.

Os únicos tributos que chegariam em Micenas hoje eram aqueles das pequenas aldeias: pôneis de carga abarrotados de grão ou passas, e bandos de ovelhas e cabras barulhentas. Os próprios reis ofertariam pessoalmente os tributos mais valiosos das aldeias e cidades maiores: incenso, óleo de murta, essência de jasmim, ânforas de tintura, sacos de granadas e turquesas, barras de ouro ou prata para serem trabalhados pelos artesãos de Micenas, assim como os fardos de lã e rolos de linho que Micenas necessitava para alimentar o seu império mercantil.

Era quase meio-dia quando Nikko terminou os exercícios matinais e perambulou até o Portão do Leão. Ele havia planejado escolher um novo tapete para aquecer os pés ao sair da cama, em substituição ao seu, no qual derramou comida. Todas as mercadorias das manufaturas eram gratuitas para aqueles agraciados com os favores do Grande Rei.

Mas de alguma forma, uma vez fora das muralhas, o vento parecia chamá-lo. Tinha cheiro de mar e montanhas, perfumes da liberdade, repelindo o fedor rançoso de couro molhado e dos tonéis de urina utilizados para remover a lanolina da lã.

Ele queria ir lá fora, longe dos odores da cidade. De repente, percebeu o quanto sentia falta da aventura como embaixador este ano. Dois anos sem folga da vida urbana...

Era impossível ir muito longe, não quando o Rei poderia convocá-los para dançar a qualquer momento. Todavia, ao menos esta tarde ele poderia cavalgar para longe da cidade. Por um instante, Nikko sentiu uma pontada de culpa. Thetis jamais ganharia permissão para cavalgar. Por mais que ela aprontasse, à espreita nas sombras de Micenas, ela nunca teria a liberdade limitada de passear a cavalo uma tarde.

Certo dia, anos atrás, ele julgou ter visto um pequeno vulto se esgueirando pelo telhado do palácio. Quando tornou a olhar, ele havia desaparecido.

Nikko nunca perguntou a Thetis se era ela.

Os cercados dos cavalos ficavam muito abaixo da colina, bem depois da coleção de oficinas que ora ocupavam muito espaço ora fediam demais para se instalarem do lado interno das muralhas da cidade. Nikko passou correndo pelos galpões de lã, com os seus fardos infestados de pulgas de ovelha e cabra, os barris com folhas de linho e urtigas em imersão até eliminar o verde, deixando as fibras grossas, que seriam fiadas em novelos e transformadas nos tecidos mais finos da região do Mediterrâneo.

No interior dos galpões, as mulheres penteavam a lã, fiavam ou a transformavam em tecido. As mais novas lançavam olhares esperançosos aos rapazes do lado de fora, que talvez se interessassem por elas e assim as libertariam do trabalho.

"Thetis poderia estar ali", pensou amargurado. Era um alívio passar pelas manufaturas de lã e chegar na zona dos fabricantes de perfume e suas pilhas de pétalas que secavam ao sol, a fragrância roubada para os frascos de perfume da cidade. Pelo menos, nenhum dos perfumistas o encarava com desespero. Era necessário ter ao mesmo tempo habilidade e talento para se tornar um perfumista, e a profissão geralmente era passada de pai para filho.

As oficinas seguintes pertenciam aos escultores, um solo duro, denso de poeira das pedras; e os galpões, aos fundidores de bronze, vermelho com forjas flamejantes, os homens vestidos de couro para se proteger das fagulhas. Por fim, além dos galpões, havia os cercados de ovelhas, cabras e gado que alimentavam o palácio e a cidade, e as grandes gaiolas feitas de galhos flexíveis arqueados, impedindo que pardais, faisões, codornas e outras aves voassem livres, antes de serem depenadas e colocadas no espeto para assar.

Instintivamente, Nikko desviou das gaiolas. Os pássaros batiam as asas contra as barras, contemplando o céu no alto.

O ar se tornou mais fresco assim que ele alcançou os currais com suas cercas de gravetos e os pequenos pôneis de carga pastando bem afastados dos grandes cavalos de patas longas. Aqui, as casas eram de pedra, não de madeira, bem conservadas e confortáveis, como convinha aos homens que cuidavam dos cavalos do Grande Rei.

O chão tremeu quando Nikko bateu na porta da casa do cavalariço, tão de leve que ele sequer teve certeza de que sentiu de fato. Ultimamente, os tremores de terra eram corriqueiros, embora não fortes o bastante para derrubar um pote da prateleira. Os cavalos relincharam nos cercados. Será que eles também sentiram? "Thetis saberia", ponderou.

O cavalariço saiu para cumprimentá-lo, mastigando. Ele segurava um pedaço de pão enrolado em carne e agrião. Nikko devia ter interrompido a refeição do sujeito.

– Mestre acrobata! À procura de um cavalo para montar? Ontem o arconte Arameu cavalgou o Vermelhão para caçar, mas a Pintada está descansada.

Nikko concordou.

– Eu prefiro a égua, de qualquer forma. – Pintada era um nome perfeito para uma égua doce, calma, e ela demonstrou ser exatamente assim nas primeiras vezes em que ele a cavalgou. Um dia, porém, quando o vento cantava sobre a neve no topo das montanhas, provocando tempestades e ondas que iam muito além da mesmice das muralhas da cidade, ele a encorajou a galopar cada vez mais depressa, como se eles pudessem competir com o vento.

De súbito, Pintada se agitou quando Nikko se abraçou ao seu pescoço, exultante com o aumento da velocidade. Quando ele enfim a controlou, ela voltou a trote, uma égua dócil, segura, que se locomoveu tranquilamente de volta ao estábulo e ao seu fardo de feno.

Os assomos de velocidade eram, Nikko estava bem certo, um segredo entre os dois. Ele lhe afagou o focinho quando o cavalariço a conduziu para fora do curral.

– Desculpe, minha velha, nada de pão para você desta vez. Eu não sabia que veria você logo agora.

Ela relinchou para ele, empurrando a sua mão com o focinho enquanto o cavalariço lhe colocava a sela, para em seguida estender as mãos, ajudando Nikko a montar.

Nikko poderia ter saltado sobre a égua a um metro de distância, mas o cavalariço estava sendo educado, então ele aceitou e subiu na manta da sela sobre o lombo do animal como um cavaleiro.

Eles galoparam pela planície rumo ao mar distante. A estrada era aberta e macia e não havia buracos onde Pintada pudesse tropeçar e quebrar uma pata. Ela voava alegremente pela estrada, a crina e a cauda flutuando às suas costas feito roupa que acabou de secar ao vento.

Era tão bom sair, longe dos cheiros enclausurados da cidade – os óleos aromáticos, o pão de mel. Todos bons cheiros mas, ainda assim, cheiros do cárcere.

Sem pensar no que fazia, Nikko freou Pintada. Ela parou, virando a cabeça para os lados curiosa.

Cárcere? Onde ele estava com a cabeça? Ele não era um escravo. Um escravo poderia cavalgar assim, sem vigilância, punição, e voltar a hora que tivesse vontade? Ou quando o cavalo ficasse cansado? Ele era livre, pelo menos até a próxima apresentação para o Grande Rei.

Agora Nikko perdeu parte da vontade de cavalgar. Comprimiu os flancos de Pintada com as pernas, e ela começou a trotar mais devagar ao longo da estrada que levava a Micenas. A relva de outono era dourada à luz do sol; as azeitonas maduras empoeiradas. Uns poucos moleques da fazenda olharam fixo para ele, com sua toga escovada, cinto e bracelete de prata, e os cabelos azeitados e trançados. Ele acenou de volta, de certa maneira tranquilizado pela admiração deles.

Ele e Thetis serviam a Sua Majestade. Eles não podiam ser escravos...

Uma fileira de pôneis se arrastava na sua direção com os jarretes enlameados do que aparentava ser uma longa jornada. Eles poderiam ser os pôneis que o trouxeram com Thetis para Micenas há seis anos, embora nenhum dos guardas parecesse conhecido. Nikko saiu da estrada para deixá-los passar. Seis pôneis, com cântaros de azeite amarrados aos flancos, e sacos de grão. Ele começou a instigar Pintada a seguir em frente outra vez, então parou.

O último pônei carregava duas figuras, um de impostos de toga e colete, espada e faca presos na perna. Escarranchada na frente da sela havia uma garota amarrada com cordas – "tanta corda", pensou Nikko, "para conter uma garota" – e a boca dela estava amordaçada com uma tira de trapo.

Ele olhou atentamente. Por que prender a menina com tanta força? Por que trazê-la, afinal?

Às vezes, os tributos do Grande Rei incluíam escravos, lógico – crianças de extrema beleza, ou homens com algum talento especial. Os outros – as escravas nos galpões de lã e linho, os servos do palácio e até a maior parte das dançarinas – eram nascidos em Micenas, filhos de mães escravas e pais na maioria desconhecidos, pois os escravos sem talento geralmente eram vendidos como remadores ou mantidos trabalhando nas pedreiras. "Por que sustentar um touro", diziam os micenenses, "quando já se tem um prisioneiro para ajudar?"

A menina não parecia nada especial: da idade dele, talvez, os longos cabelos negros trançados num coque desleixado no alto da cabeça, com mechas soltas e sujas no rosto encardido. Calças – de pano, não de pele de cabra, mas tão imundas que era difícil discernir a estampa. Uma blusa vermelha, do tipo que podia ser aberta para mostrar os seios, agora estava presa com uma fita. Um rosto bem feito, com maçãs do rosto salientes e uma boca larga, os lábios franzidos. Uma expressão de ódio e desespero nos grandes olhos castanhos.

Nikko relembrou a própria viagem rumo a Micenas, o medo lutando contra a fadiga, Thetis cambaleante ao final da longa caminhada. Mas essa menina parecia mais furiosa do que assustada.

Nikko tirou os olhos dela e cumprimentou o capitão dos soldados.

– O que vocês têm preso aí em cima? Um gato selvagem?

O homem gargalhou. Ele era grisalho, o cabelo provavelmente escasso sob o capacete de couro.

– Quase isso. Veio do norte da Etólia, da terra dos centauros, mas alguns homens numa aldeia próxima a Orcômeno a pegaram roubando gado e a ofereceram como parte dos tributos.

– Por que aceitá-la, se ela é brava?

A menina amarrada soltou um grunhido abafado.

– Para dançar sobre um cavalo, é o que se espera que ela faça. O chefe local me convenceu que ela seria um presente melhor para o Grande Rei do que os dez cântaros de azeite que sua aldeia possui. Mas, na primeira noite na estrada, ela tentou apunhalar o Metrófanes aqui – o capitão deu de ombros. – Nós deveríamos ter adivinhado que ela era uma selvagem quando a vimos amarrada na aldeia. Mas pensamos que eles simplesmente não queriam que ela fugisse antes da nossa chegada.

Nikko tornou a fitar a garota. Ela encarou o seu olhar, um ódio negro nos olhos.

– Ah, enfim – disse Nikko tranquilo –, talvez ela se acalme depois de tomar um banho e...

Ouviu-se um grito abrupto quando o guarda do pônei da menina foi atirado ao chão por um golpe ágil por trás da cabeça da prisioneira. De repente, o pônei galopava na direção contrária do caminho que eles haviam trilhado. Os demais pôneis empinavam e relinchavam. Pintada agitou a cabeça e raspou o chão com os cascos.

Perplexo, Nikko observava. Como ela conseguia não apenas guiar o pônei usando somente as pernas, mas se manter montada, presa e desequilibrada pelas cordas? "Centauro", pensou ele, "metade cavalo e metade humano". Embora ela parecesse muito uma garota.

– Prenda-a!

– Quê?

O capitão gesticulou para Nikko com impaciência.

– Os nossos pôneis não podem alcançá-la agora, não carregados desse jeito. Mas o seu cavalo é duas vezes maior que aquele pônei, em melhor forma, aliás!

– Mas eu... – "eu sou um acrobata, não um soldado", Nikko pretendia dizer. Capturar garotas-cavalo selvagens não era o seu dever. Mas ele tinha que pelo menos fingir que tentou, ou correriam rumores de que havia deixado a propriedade do Grande Rei escapar.

Ele comprimiu os flancos de Pintada com os joelhos, e ela desembestou, louca para perseguir o pônei galopante.

No fim da estrada, os cascos do cavalo e do pônei malhando a poeira; os trabalhadores que colhiam azeitonas sob as árvores assistindo atentamente; berros distantes dos homens no curtume, que espiavam a corrida. O grande cavalo agora ganhava do pônei.

Nikko se flagrou rindo com a pura alegria da caça. Até Pintada parecia animada, a cabeça baixa quando ele se abraçava ao seu pescoço.

De repente, o pônei desviou da estrada por entre os renques de oliveiras. A menina balançou, mas miraculosamente não caiu.

Será que ela estava guiando o cavalo ou ele corria fora de controle? Será que ela planejava despistá-lo em meio às árvores? Nikko sorriu. Um acrobata pode se esquivar e se contorcer. E Pintada também.

Pintada se virou antes do puxão de Nikko. Os ramos prata-esverdeados das oliveiras roçaram-no de ambos os lados. Havia árvores novas, ainda sem frutos. Adiante se encontravam as árvores gigantes, os galhos retorcidos e os troncos da grossura de um homem.

Agora ele estava praticamente em cima dela. Mas como poderia detê-la? Continuar correndo até que o cavalo ou o pônei mostrasse sinais de exaustão? De algum modo, ele sabia que ambos os animais obedeceriam até os corações e as patas falharem.

Pular de Pintada para o pônei? Talvez ele conseguisse. Também poderia matar os dois, se o pônei desabasse sob o peso extra.

E afinal ele perdeu a paciência. Nikko riria em voz alta, se tivesse fôlego. Puxou Pintada para um lado, rumo à avenida de árvores próxima àquela que o pônei atravessava a galope. Mais depressa, e mais depressa ainda. Agora ele estava à frente do pônei, podia ouvir a respiração ofegante, um resmungo abafado da menina por trás da mordaça, incitando o animal a continuar correndo…

Ele quase a pegou! Tornou a esporear Pintada, até ficar a um palmo na dianteira da garota.

Os dois agora estavam cobertos pelas grandes árvores. Nikko estendeu as mãos e agarrou um galho com a mão esquerda, enquanto Pintada seguiu galopando sem ele.

Era tarde demais para o pônei parar. Ele passou a galope embaixo de Nikko, que esticou a mão direita e agarrou as cordas que prendiam a garota.

Ele a pegou! Por um instante pensou que seu braço seria arrancado. Sentiu uma dor lancinante no ombro… ele raramente lembrava da água fria, e de trocar a rotina da dança para favorecer o outro braço. E então Nikko tombou no chão recoberto de folhas, a menina embaixo dele.

Nikko soltou um grito de triunfo, depois segurou as cordas da menina com mais firmeza. Ela se debateu, tentando chutá-lo. "Se não estivesse amordaçada, ela me morderia", deduziu Nikko, parte dolorido, parte admirado. Mas ele era maior do que ela, e mais pesado. Ele conseguiu levantar, sem soltar as cordas, e a arrastou para debaixo de uma árvore. Uma das pontas da corda se soltou. Nikko a usou para prendê-la ao tronco, então recuou, ofegante, e tocou o ombro para conferir a gravidade do ferimento. Pelo menos, seu ombro ainda aparentava estar no lugar certo.

Agora, pela primeira vez, Nikko a olhou de perto enquanto tomava fôlego... e o triunfo se foi. Ela lembrava o que ele sentia nos seus pesadelos, assim que chegou em Micenas: como se toda a segurança houvesse desaparecido. O mundo era o inimigo dela. Até ele a perseguiu.

Subitamente, Nikko se sentiu envergonhado. Mas ele cumpriu o seu dever para com o Rei. Não poderia ter feito nada menos.

A menina amordaçada o encarava.

– Você está ferida?

Ela lhe deu um olhar fulminante, sem confirmar que sim ou que não com a cabeça.

– Você entende o que eu digo? – às vezes, os escravos de terras longínquas tinham a sua própria linguagem bárbara. As pessoas nos palácios usavam mais palavras do que nas aldeias, também. Ele havia levado meses para se acostumar a todas elas.

Agora ela hesitou, depois balançou a cabeça.

Nikko pensou na queda, o seu peso a atirando de encontro ao solo. Ela devia estar machucada, possivelmente com ossos quebrados. Ele tentou falar num tom reconfortante.

– Se eu tirar a sua mordaça, você vai gritar ou tentar me morder?

Ela demonstrava estar pensando, observando-o com aqueles olhos escuros. Seus cílios eram tão espessos quanto a pluma de um pardal. Ela balançou a cabeça.

Ele estendeu as mãos às costas dela e desfez o nó. Estava apertado, mas Nikko tinha dedos fortes. Ele imaginou que os cabelos dela fossem ásperos como crina de cavalo, mas, ao contrário, era tão macio quanto pelo de lince. Finalmente, ele conseguiu tirar a mordaça.

Ela respirou fundo para encher os pulmões de ar, sem parar, como se estivesse meio sufocada. Agora que ele estava mais próximo, podia ver um hematoma em uma das faces, e que o olho do mesmo lado também estava machucado. "Quantas vezes", ele se perguntou, "ela haveria lutado com os guardas para fugir?"

Atrás dele, Pintada virou e deu meia volta na sua direção, desbastando a grama debaixo da árvore no caminho. O pônei também parou. Ele os espiava através da crina desordenada, como se tentasse entender o que os humanos queriam que ele fizesse agora.

Nikko esperou até a respiração da menina se acalmar.

– Eu sou Nikko – isso não pareceu o bastante, mas ele não era mais o filho de Giannis. Acrescentou: – Acrobata do Grande Rei.

Ela cuspiu, mas não nele.

– Eu machuquei você? Tomarei providências para que eles a levem com cuidado se estiver ferida...

– Eu não estou ferida – o sotaque dela era estranho, as palavras hesitantes, mas ele conseguiu entendê-las. A voz era baixa e rouca.

– Você é... – ele se calou quando o capitão se aproximou deles a cavalo.

– Você a pegou! – o capitão esfregou as mãos. – Sua bruxinha. Vamos mantê-la amarrada de rosto abaixado até chegarmos no palácio.

Gesticulou para os homens às suas costas. Eles empurraram a garota com brutalidade, erguendo-a entre eles.

Nikko quis bradar: "Parem". Mas ela era uma escrava, uma prisioneira. Mesmo se ele a soltasse, os homens do Rei a perseguiriam. Uma escrava fugitiva seria um insulto a ser vingado.

"Como um acrobata desertor", pensou ele, apagando a imagem da mente em seguida.

– Não a joguem de um lado para o outro dessa maneira!

O capitão o encarou.

Nikko completou:

– Ela é propriedade do Grande Rei. O ecônomo não lhes agradecerá, caso ela se machuque.

Ressabiado, o capitão o fitou e então balançou a cabeça. Obviamente ele conhecia a reputação de Nikko. Um dos favoritos do Grande Rei devia ter influência com o ecônomo, inclusive com o próprio Rei.

– Tudo bem, homens. Sejam gentis o quanto possível. Mas certifiquem-se de que ela está bem amarrada.

Os homens recolheram o pônei, que tinha ficado pastando tranquilamente durante a conversa. Um deles o conduziu adiante.

Nikko assistiu enquanto um guarda segurava a menina pelos pés, ao passo que outro a segurava pelos ombros. Os dois esboçaram intenção de atirá-la no lombo do pônei, então flagraram o olhar de Nikko e em vez disso a acomodaram.

– O que vai acontecer com ela? – a garota não estava mais se debatendo e, sim, paralisada, o rosto virado para observá-los, talvez para ouvir a resposta do capitão.

O capitão deu de ombros.

– Não é da minha conta, graças à Mãe. Um gato do mato não serve para muita coisa. Não se pode correr o risco de colocá-la num cavalo para dançar, isso é certo. Talvez ela até atacasse o Grande Rei.

Ele examinou as amarras da menina, depois recuou.

– Por ora, nós a levaremos para as masmorras. Depois disso, é com o ecônomo. Talvez ele a venda para um capitão do mar como prostituta da embarcação. Ela não pode fugir a cavalo no oceano. Ou talvez a guardem para um sacrifício à Terra na primavera. Ali tem coragem de sobra para evitar que Poseidon faça o palácio tremer por uns vinte anos.

A menina devia ter compreendido. Mas o seu rosto permanecia inexpressivo e ela se recusou a encará-lo nos olhos.

Nikko mordeu o lábio. Ele desejava ajudá-la, pelo menos dar a dignidade de se sentar aprumada enquanto a carregavam rumo ao seu destino. Mas o capitão jamais concordaria. E ele estaria certo. A menina tentaria escapar de novo, talvez até matasse um deles para conseguir.

Um dos soldados se pôs a conduzir o pônei da garota. Atrás dele, Nikko podia escutar Pintada, trotando de volta na sua direção. Ele pegou as rédeas e correu adiante uns poucos passos.

– Qual é o seu nome?

"Pelo menos não permitam que a garota encontre a morte incógnita", refletiu, "ou qualquer que seja o destino que o ecônomo decidir".

Por um momento, ele pensou que ela não falaria. E então, afinal, ele escutou um sussurro:

– Eurídice.

Capítulo 12

Nikko não conseguia dormir. O rosto da menina o observava, os seus olhos não eram suplicantes, mas tampouco aceitavam o próprio destino.

Ele precisava ajudá-la.

Não sabia por quê. Ela não era nenhuma beldade e, nos anos que passou no palácio, ele havia se acostumado à beleza. Julgava ter o direito de pedir uma mulher para si, não importa se escrava ou esposa, mas mal conseguia imaginar a garota-cavalo em qualquer um dos dois papéis. Era mais provável que ela o matasse para fugir.

Todavia, esquecê-la era impossível. Talvez fosse o terror, ou o orgulho dela. Alguma coisa, de alguma forma, ligava os dois.

Como ele poderia ajudá-la, então?

Mesmo se ele a ajudasse a fugir das muralhas da cidade, ela seria arrastada de volta. Se descobrissem o seu envolvimento nisso, ele seria espancado, talvez até Thetis fosse punida. Até que ponto o Grande Rei era capaz de perdoar os seus favoritos?

Impulsivamente, Nikko saiu da cama e enfiou uma veste de lã fina, depois seguiu em silêncio pelo terraço até o quarto de Thetis e entrou.

A cama estava vazia.

Ele sorriu. Sabia que hoje em dia a irmã estava bem demais para se preocupar. A Lua estava quase cheia. Havia luz suficiente para uma menina curiosa se esgueirar pelas sombras da cidade.

A Lua já flutuava quase no alto do céu quando outra sombra passou furtivamente pelo terraço. Ela parou ao vê-lo aguardando no quarto, inclinando a cabeça como que para fazer uma pergunta.

– Preciso da sua ajuda – disse ele.

Ao ouvir isso, ela ergueu as sobrancelhas. Foi até a bacia de água e lavou os pés, depois sentou na cama ao lado dele, reclinada nos travesseiros.

Eles eram de seda, como as asas de borboleta, porém simples e lisos para que bordados não irritassem o rosto dela durante o sono.

Então Nikko lhe contou. Contou sobre a garota, as cordas, a corrida, a coragem nos olhos dela, o seu provável destino, e que agora ela deveria estar numa das masmorras nos subterrâneos do palácio.

"Onde existem ratos", lembrou ele. Será que ao menos eles se deram ao trabalho de alimentá-la e lhe dar água?

– Então?

Thetis balançou a cabeça, para mostrar que estava pensando. E, em seguida, sorriu.

– Quer dizer que você tem uma resposta?

O sorriso dela dizia: "*Óbvio.*"

– E qual é, então? – Nikko indagou, irritado pela primeira vez com a incapacidade da irmã (ou ainda seria recusa?) para falar.

Ela parou, então apontou para ele, depois para o céu, e por último para o palácio.

– Devo ir ao palácio de manhã?

Ela concordou, e apontou o chão.

– E pedir para ver a menina?

Thetis balançou a cabeça.

– Mas por que eles permitiriam? O que posso dizer a ela?

O sorriso se alargou mais, meio parecido com o sorriso do mais recente filhote de leão do Rei quando lhe deram um prato de queijo. Ela se jogou na cama, saltou de ponta-cabeça, as pernas no alto, deu uma cambalhota de costas e, por último, outro mortal para cima da cama de volta.

Ele permaneceu um instante sem compreender. E então foi como se o sorriso dela iluminasse o seu. Nikko abraçou Thetis, sentindo a sua fragilidade e a sua força.

– Devo convencê-la a ser uma acrobata? Mas ela não tem experiência... – calou-se. Haviam dito que ela dançava com cavalos. Isso deveria significar tanto habilidade quanto força. Thetis tinha razão. A menina conseguiria.

Ansioso, Nikko tornou a fitar a irmã.

– Contarei a ela como a vida é boa, para nós que servimos ao Grande Rei. O quanto ela será livre como nós se agradá-lo.

Por um momento, Thetis o encarou em silêncio. Sorriu de novo. Mas desta vez um sorriso encoberto por sombras e algo que Nikko não identificou.

"O que ela está me contando?", pensou ele. "O que ela pode ter para me contar?" Nikko chegou a pensar que Thetis fosse sacudir a cabeça, indicando que ele entendeu tudo errado, não pensou direito. Mas então ela balançou a cabeça de novo, uma única vez, e fez um sinal para despachá-lo.

Ela queria descansar.

– Obrigado – ele falou baixinho. – A melhor das irmãs, a mais maravilhosa das garotas.

Thetis alargou o sorriso. Franziu o nariz para o irmão, depois se deitou para dormir.

Capítulo 13

– Então, o que você acha?

Pensativo, Orkestres descascou um pistache. Ele usava uma toga vermelha com babados prateados, colares e braceletes de prata, e o olho totalmente pintado, apesar de ter planejado apenas uma reunião matinal com os amigos para contar lorotas. Orkestres era um homem importante agora e não deixava ninguém se esquecer disso.

– Eu acho que você deveria descer até os galpões de tecelagem e escolher uma garota que crie menos confusão. Ou continuar sendo amante das cortesãs entediadas do palácio.

Nikko o encarou.

– Não é isso. Não é nada disso, de jeito nenhum.

– Não é?

– Não! Ela é uma artista... como nós. Você mesmo falou que os artistas são uma irmandade. Que eles se ajudam uns aos outros.

– Isso quando não estão tentando ofuscar um ao outro no palco. Mas, sim. Eu entendo o seu ponto de vista – ele apanhou outro pistache e mastigou. – Tudo bem. Eu ajudo com o treinamento, se é isso que você quer. Desde que você convença o ecônomo a soltá-la.

Nikko hesitou.

– Você não vai falar com ele?

Orkestres soltou uma gargalhada e deu um tapinha no rosto de Nikko.

– Se quer a garota, você terá que buscá-la. Além disso – agora a voz dele soou séria –, não subestime o seu poder, meu filho. O ecônomo gosta de você. E gosta mais ainda da maneira como você agrada o Rei. É mais provável que ele conceda favores a você do que a mim.

Nikko concordou.

– Obrigado.

Deixou Orkestres comendo as sobras do seu café da manhã. Só depois de descer às pressas a escadaria que levava aos armazéns, onde nesta época do ano decerto o ecônomo estava contando os tributos, ele se deu conta de que Orkestres o chamara de "meu filho".

"Parece correto", pensou. Nikko, filho de Orkestres, acrobata do Grande Rei.

O ecônomo tinha pouco tempo para se preocupar com pedidos, até mesmo de um dos favoritos do Grande Rei: este era o período mais atribulado do ano. Ele ouviu, sem parar de tomar notas no seu tablete de barro, depois balançou a cabeça sem erguer o olhar.

– Sim.

– Sim? – Nikko mal podia acreditar. Ele havia precisado resgatar a coragem caída a seus pés para fazer um pedido ao segundo homem mais poderoso de Micenas.

Ao se curvar, Nikko encostou o punho na testa.

– Obrigado, meu senhor...

Agora o ecônomo levantou a cabeça. Os seus olhos miúdos cintilaram na penumbra do armazém.

– Existem – interrompeu ele – umas poucas condições.

A porta do calabouço bateu às costas dele. Nikko podia ouvir as paredes sendo arranhadas enquanto o guarda soltava o ferrolho. O frio se infiltrava pelas paredes, tão densamente recobertas de limo que era impossível ver se as masmorras haviam sido construídas com pedras diferentes combinadas juntas, ou simplesmente escavada numa rocha sólida. Os veios espalhados pelo chão também eram musgo na maior parte.

A garota estava sentada no centro da cela, com as mãos no colo. "Ou por orgulho, recusando-se a se aninhar num canto", supôs Nikko, "ou mais provavelmente por causa dos buracos na escuridão". Ela olhou para ele, mas permaneceu indiferente à sua presença.

Havia ratos aqui embaixo.

Alguém gritou numa cela ainda mais no fundo da terra. O som ecoou sem cessar, depois parou abruptamente. Um morcego passou voando nas trevas e desapareceu num nicho do teto, o sopro das suas asas como o das almas sem descanso de todos os que haviam morrido aqui embaixo.

Nikko se agachou ao lado dela e ofereceu um pedaço de pão recheado com carne de cervo e um frasco de água. Ela agarrou a água e bebeu sofregamente, engasgando de satisfação como se tivesse acabado de saborear os próprios raios do sol. Enxugou a boca e devolveu o frasco, fitando-o desconfiada.

Ele entregou o pão e a carne.

– Coma. É gostoso.

A garota pensou um instante, depois estendeu uma das mãos. As suas unhas eram bem feitas, embora a mão tivesse calos de cavaleiro e caçador nas palmas e nos dedos. Então esta menina nunca cavou a terra para plantar cevada, nem passou horas moendo grão.

Nikko observou enquanto ela comia, tentando não esmigalhar o alimento. Ela devia ter passado fome no caminho e aqui também. Afinal, ela terminou.

– Quer mais? Eu posso pedir ao guarda.

Ela balançou a cabeça.

– Não. Obrigada, Nikko.

Ele corou numa alegria súbita porque ela recordava o seu nome.

– Você está bem?

Ela riu, apesar de soar mais amarga do que contente. Os dentes eram fortes e brancos.

– Estou presa com os ratos no escuro – ela o fitou um momento. – Por que você está aqui? Só para me trazer comida? Obrigada – a entonação soou formalmente educada.

"Esta menina não é nenhuma camponesa", ele concluiu.

– Eu vim lhe fazer uma oferta...

– Para ser sua concubina? – ela cuspiu nele, como fez antes. – Eu o morderia como um lobo se você tentasse.

– Não! – de repente ele sentiu vontade de rir também. Ele era Nikko, o favorito do Rei. Não tinha a menor necessidade de pedir favores a uma menina maltrapilha. Mas não havia meios de dizer isso a ela. Em vez disso, garantiu com firmeza:– Eu vim fazer uma oferta de treinar você como acrobata.

– Uma acrobata?

– Uma artista, para entreter o Grande Rei. Para dançar, dar saltos mortais...

– Eu sei o que é um acrobata – ela pronunciou a palavra de um jeito diferente, mas compreensível. – Eu danço com cavalos.

– Ninguém lhe daria um cavalo. Você pode fugir.

– Eu fugiria. Sem dúvida. Por que eu deveria querer dar cambalhotas para algum Rei? – ela tirou o cabelo caído do rosto.

– Eurídice – Nikko saboreou o nome dela outra vez –, é uma boa vida – falou gentilmente. – Confie em mim. Eu também fui trazido da minha aldeia para Micenas – ele não esclareceu que não veio preso e amordaçado. – Eu também não queria vir. Mas agora eu não voltaria para a minha antiga vida de jeito nenhum.

Tocou o pesado colar de ouro no peito. Nikko havia se arrumado com capricho antes de sair, a melhor toga vermelha e amarela, os adornos nos tornozelos e as pulseiras de pedras preciosas. Ele havia acabado de passar azeite no peito, amaciara os pelos com óleo aromático e depois os raspara com a lâmina afiada da faca de bronze que geralmente trazia amarrada na perna.

Mas tinha deixado a faca em casa.

Ela o fitou, por entre os cabelos. Agora eles pareciam mais embaraçados ainda.

– E quem vai me ensinar a ser uma acrobata?

– Eu. E a minha irmã, e Dora e Orkestres. Foram eles que nos ensinaram. São ótimas pessoas. Bondosos – sorriu. – Como se fossem pais, mas melhores.

– Se eu virar uma acrobata... eu serei livre?

Nikko mordeu o lábio. Ele discutiu com o ecônomo, mas o sujeito se recusou a abrir mão das condições.

– Você terá liberdade para treinar nas nossas acomodações, para se apresentar no salão de banquetes. Até para comer na mesa do Grande Rei, se ele a convidar.

– Mas e depois disso?

Ele balançou a cabeça.

– Lamento. Terá que ficar acorrentada no seu aposento. Uma corrente de bronze que você será incapaz de quebrar. Porém... será um bom aposento, confortável, vizinho ao nosso. Haverá servos para levar qualquer coisa que você precisar, a melhor comida, as roupas mais bonitas. Nós lhe faremos companhia. E não será para sempre – apressou-se em acrescentar, ao ver a expressão nos olhos dela. – Tão logo eles passem a confiar em você, tão logo saibam que você não vai fugir, eu tenho certeza de que a deixarão...

– Eles não deveriam confiar em mim. Ninguém deveria confiar em mim. Porque eu fugirei assim que puder – ela o encarou, desafiadoramente. – E se tiver que matar por isso, eu matarei.

– Por quê? Eu não sei de onde você veio, mas não pode ser nada comparável a Micenas. Nós temos luxos sobre os quais você jamais ouviu falar... água dentro de casa, água quente para o banho, até canais que levam os detritos noturnos embora, para não feder. A vida aqui pode ser fascinante... sempre há gente nova, discussões novas... e é melhor do que se arriscar a morrer!

– Eu fui prometida à Mãe – a voz dela soou entrecortada e rouca. – A Mãe Donzela, não a deusa da Terra ou a Mãe da Colheita.

– Você pode prestar serviço a ela aqui! – frustrado, Nikko sacudiu a cabeça. Por que ela era tão teimosa? – A irmã do Rei é a Alta Sacerdotisa. Tenho certeza de que ela deixará você participar dos sacrifícios, cuidar da... – ele hesitou, pois grande parte do culto à Mãe era interdita aos homens. – seja lá do que a Alta Sacerdotisa cuida. A minha irmã também serve à Mãe.

– Você não entende – agora a voz soou normal, sem agressividade. – Os meus pais prometeram que eu serviria no templo da Mãe... o templo principal, ao norte, a um mês de viagem do meu povoado. Eu devo servir lá até morrer.

– Dançando com cavalos?

– Do jeito que a Mãe desejar. Tudo que aprendi, a minha vida inteira, foi para dedicar ao templo. Tudo isso... – ela apontou, não para as paredes imundas, nem para o escoadouro lamacento no chão, e sim para a imponência de Micenas do lado de fora – não significa nada. A minha vontade não importa, eu obedeço ao templo.

– Compreendo – ele não compreendia, mas foi tudo que conseguiu dizer. A religião em Micenas era... confortável. As sacerdotisas sacrificavam um boi ou um bode, e executavam os ritos; em troca, a Mãe concedia as colheitas. E se precisassem sacrificar certas pessoas também, nunca era ninguém do seu círculo de amizades. Nikko nunca conheceu ninguém que tenha sido oferecido em sacrifício. Tratava-se de um castigo ou destino, no caso dos escravos.

Nikko olhou para o rosto sujo e arranhado da garota, estranhamente calma nas sombras. Ele havia se enganado, pensou de repente. Ela *era* linda; uma beleza com força e inteligência como ele jamais vira antes, exceto talvez na própria irmã.

– Pois muito bem, então. Você fez um voto ao templo da Mãe. Você acredita que deve fugir. Mas você não poderá fugir se for mandada para os remadores de um navio, ou se for sacrificada na primavera para evitar que um terremoto faça o palácio desabar.

Agora ela o fitava pensativa. "Pelo menos", pensou Nikko, "ela está ouvindo".

– Eu sei que você também não conseguirá fugir se ficar acorrentada num aposento luxuoso, com cama de pele de lince. Mas por que não escolher uma prisão mais confortável?

Ela permaneceu tanto tempo calada que os ratos começaram a guinchar de novo no canto da cela. Apesar da escuridão, Nikko podia ver sinceridade nos seus olhos.

– Eu não vou mentir para você – ela disse, afinal. – Se eu concordar, será porque tenho uma chance maior de escapar à luz do dia, com cavalos e espadas...

– Eles a matarão se tentar.

– Então eu morrerei no cumprimento do dever – a voz soou monótona, sem emoção.

Nikko não entendia. Não havia alegria na voz dela quando falou em servir à Mãe, apenas orgulho e convicção.

Ele se levantou.

– Posso dizer ao ecônomo que você concordou? Você vai fingir ser obediente? Pelo menos por um tempo?

– Obediente? – ela riu. Desta vez, um riso autêntico. Nikko gostou. – Se você assim desejar. Mas conte-me – ela o observou curiosa –, por que você está me ajudando? Você pode ser punido quando eu fugir... e eu fugirei, algum dia, de alguma forma. Talvez essa sua irmã de quem você falou também seja punida, além do casal que você afirma considerar como seus pais.

Ele hesitou, depois respondeu com tanta honestidade quanto ela:

– Eu não sei – e foi chamar o guarda para destrancar a porta e deixá-lo sair, para assim poder reencontrar o ecônomo.

Capítulo 14

Foi Dora quem buscou Eurídice nas masmorras e a levou para casa, novamente acorrentada, sob a vigilância dos guardas. Ela insistiu para que os outros ficassem fora até a menina tomar banho e vestir roupas limpas. Nikko estava impaciente, mas sabia que a velha mulher tinha razão. Eurídice já tinha sido humilhada o suficiente, para sofrer mais humilhações enquanto continuava presa às correntes. Que lhe restasse ao menos a dignidade de encontrar os outros adequadamente vestida, limpa e alimentada.

Agora, no quarto antes ocupado por Nikko, ela se sentou na nova cama, que estava coberta por uma pele de ovelha tingida de vermelho. A sua tez era lisa e clara, ainda castigada pela vida que levava antes. O cabelo negro estava arrumado à moda de Micenas, torcido no alto da cabeça, preso com dois pentes de ouro de Dora. As calças e o casaco eram de lã bege clara, com padrões em vermelho e amarelo na bainha. A família de acrobatas se reuniu no quarto com ela. Com segurança, Eurídice olhou a todos, um por um, aguardando que eles falassem primeiro.

Thetis se empoleirou num banco próximo à porta do terraço. Por uns poucos instantes, as duas meninas encararam uma à outra em cantos opostos do quarto. Mas foi a menor e mais nova quem sorriu primeiro.

Nikko sentiu o aperto no coração aliviar. Thetis tocou a testa com o punho e depois o coração, o gesto de homenagem à Mãe ou a uma de suas sacerdotisas.

Eurídice balançou a cabeça.

– Eu sou devota da Mãe. Não sou sua serva ainda – a voz soou rouca e com o mesmo sotaque de antes. Do lado de fora da sala de treinos, parados na porta, havia guardas com espadas, lanças e adagas.

Não eram para ele ou para Thetis. Ambos eram livres. Nikko se perguntou por que ainda sentia vontade de sair correndo, escalar o penhasco nos fundos da cidade, pegar Pintada e galopar rumo às montanhas para...

Para onde? Este era o seu lar e esta era a sua gente. Voltou a atenção para as meninas novamente, observando, enquanto Orkestres e Dora examinavam Eurídice. Ele sabia que os dois já estavam imaginando que talentos ela teria, o que seria melhor para ensiná-la.

Mas Eurídice continuava encarando Thetis.

– É verdade que você não consegue falar?

Thetis concordou, depois sacudiu a cabeça.

– Não entendi... quer dizer que você não fala porque *não quer*?

– Foi um voto – Nikko disse rispidamente. Como alguém ousava interrogar a irmã dele? – Você entende de votos.

Eurídice o ignorou, sem tirar os olhos de Thetis. Franziu as sobrancelhas.

– Você fez um voto para a Mãe?

Thetis deu outro sorriso. Sacudiu a cabeça.

– Então, quem fez...

– Não é da sua conta – Nikko retrucou ríspido.

Thetis e Eurídice se entreolharam. Thetis ficou de pé, andou de mansinho pelos ladrilhos e pousou a mão brevemente nos lábios de Nikko.

– Eu acho que a sua irmã quer falar por si mesma – afirmou Eurídice.

– Mas ela não pode falar!

Thetis ergueu as sobrancelhas. Dora riu.

– Você conversa com o palácio inteiro, não é, minha ovelha? Só que sem usar a voz. Sente-se, Nikko, e pare de bancar o carneiro protegendo o rebanho.

Eurídice sorriu. Pela primeira vez desde que ele a conheceu, ela pareceu relaxar, subitamente contente. Nikko também relaxou, apesar da sensação de ser motivo de chacota. Tudo isso daria certo.

Eurídice levantou. Agora ela falava com Dora.

– Diga-me o que esperam que eu faça. Esse negócio de acrobacia.

– É mais fácil demonstrar – Orkestres gesticulou para Nikko e Thetis.

Nikko trocou olhares com Thetis. Posicionou-se para o exercício de salto predileto da dupla, mantendo os ombros imóveis enquanto, do outro canto da sala, Thetis saltou para cima dele. Ele segurou os seus tornozelos, até ela dar um mortal e pousar equilibrada com as mãos nos ombros dele, as pernas retas no ar. Ele se preparou para o salto de costas com o qual Thetis aterrizaria no chão.

O que nunca aconteceu. Em vez disso, Eurídice também saltou. De repente, havia duas meninas equilibradas nos seus ombros, cara a cara, as pernas eretas acima da sua cabeça.

Nikko podia sentir que as duas se entreolhavam, quase como se pudessem ler os pensamentos uma da outra. E então elas tornaram a saltar, revezando-se pelos ares em cambalhotas, cada uma aterrizando de pé no solo. Thetis atrás de Nikko e Eurídice na frente.

– Então... – a voz de Orkestres transmitiu uma relutante admiração – você sabe saltar.

– Sim – Eurídice o fitou do lado oposto da sala, encontrando o olhar dele. – E sei fazer isso em cima de um cavalo, também – ela empinou o queixo. – Eu salto sobre cavalos. Sou a melhor que existe.

A questão, explicou Orkestres, era traduzir as habilidades de Eurídice para alguma coisa que o Grande Rei admiraria. Não importava o quão habilidosa ela era sobre um cavalo – e após a performance daquela manhã ele estava inclinado a acreditar na sua presunção –, pois não havia a menor possibilidade de se levar um cavalo ou mesmo um pônei ao terraço do Grande Rei. E ninguém – certamente não os guardas – a deixaria solta num cavalo do lado de fora.

Nem Orkestres queria que ela se unisse à Thetis e Nikko. A dança de Thetis era mais do que um número de acrobacia e Nikko era a sua sombra, a rocha de onde ela decolava. Incluir Eurídice ao número deles o tornaria mais semelhante a um espetáculo de acrobacia comum.

Eurídice deu de ombros, evitando cuidadosamente os olhos de Nikko e Thetis.

– Eu posso me apresentar sozinha. Sem cavalo.

– Sem cavalo você seria uma acrobata comum – "boa, mas não excepcional o bastante para cativar a atenção do Grande Rei por muito tempo... e tampouco confiável para ser enviada em comitiva na época dos tributos." Mas Nikko guardou essa última parte para si.

De repente, Nikko percebeu que Thetis o fitava com aquela expressão paciente de quando queria a atenção dele. Ela olhou para Eurídice, piscou para o irmão – ele não tinha ideia, disse a si mesmo, do que a irmã quis dizer com aquilo – e depois se dirigiu à mesa próxima ao terraço.

O móvel estava abarrotado com presentes de admiradores – um tesouro de miudezas, feitas de pedras preciosas, ouro e madeiras raras, que ninguém ousaria roubar dos favoritos do Rei, aqui, na fortaleza de Micenas.

Thetis apanhou duas delas – um touro de cristal, presenteado por um dos nobres de Creta, e uma criatura entalhada em ébano, cujo doador chamou de "elefante", com presas de marfim semelhantes às de um javali. Ela as levou consigo, uma em cada mão, olhando para Orkestres e Nikko.

Nikko tentou entender.

– Você quer dizer que devemos dar a ela um cavalo de brinquedo?

Thetis sacudiu a cabeça. Abaixou a mão, depois levantou um pouco, e ainda mais...

Orkestres franziu a testa.

– Uma estátua de cavalo?

Thetis sorriu.

Nikko se virou para Eurídice.

– Você conseguiria fazer os seus truques numa estátua de cavalo?

– Eu posso me apresentar em cima de qualquer coisa!

Dora sacudiu a cabeça.

– Não existe nenhuma estátua de cavalo grande o bastante no palácio.

– Então mandaremos fazer uma.

– Veja, meu filho – disse Orkestres gentilmente. – Você sabe quanto tempo leva para entalhar uma estátua na pedra? E mais tempo ainda para trabalhar o barro e a cera antes de se poder fazê-la em bronze. Qualquer artesão exigiria um ano ou mais.

– Nós não temos um ano... – começou Nikko desesperado, assim que Thetis tornou a erguer o elefante de madeira. – Madeira! Um cavalo de madeira! – Nikko se virou para Orkestres: – Será que o carpinteiro Sostoses faria uma?

– Ele pode fazer qualquer coisa – assegurou Orkestres pausadamente. – Um cavalo em tamanho natural. Um cavalo saltador – olhou para Eurídice com uma expressão especulativa.

– Sim, um cavalo saltador – Dora se iluminou com a ideia agora. Esfregou as mãos. – Será diferente de tudo que eles já viram antes. Vamos planejá-lo para o banquete de outono, quando os reis e aristocratas estão aqui. Ela pode se apresentar antes da dança de vocês, um aperitivo antes da comida.

Eurídice empinou o queixo.

– Eu posso pular mais alto do que qualquer um. E dar mais saltos mortais também.

Nikko sentiu vontade de rir. Mas ela possuía tão pouco, essa selvagem do norte. Apenas as suas acrobacias e o seu orgulho.

– Você ainda não viu a minha irmã dançar.

Capítulo 15

E assim eles treinaram, os três jovens se alongando juntos todos os dias pela manhã. Orkestres os ajudava a esticar as pernas antes de corrigir as curvas dos saltos acrobáticos e orientar os exercícios físicos, e Dora misturava murta e óleo de limão para massagear as articulações doloridas e mantê-las flexíveis.

Aquela meia lua anterior ao banquete do Grande Rei foi a época mais feliz que Nikko já havia conhecido. Após os exercícios e os ensaios de dança, eles se sentavam juntos, todos os cinco, com madeira doce de oliveira queimando na lareira, e comiam das bandejas trazidas pelos servos das alas da cozinha do palácio – carne de cervo com amêndoas e figos, codornas com grãos e ervas, pães com tâmaras e doces de romã.

Pela primeira vez, Nikko falou da sua infância, de como resgatou a irmã na montanha, transformando a ambos em párias no seio do seu próprio povo. Para a surpresa dele, Orkestres também falou sobre a sua juventude. Por alguma razão, Nikko jamais pensou que ele havia sido um menino. Ele esqueceu que Orkestres era filho de um acrobata do palácio e que havia treinado com o pai durante anos.

– O que aconteceu com ele? – indagou Nikko.

Dora se aproximou e segurou a mão do marido. Sua voz soou terna.

– Ele executava um número, saltando de uma corda para a outra, bem no alto do teto. E então um dia ele caiu...

– Ele... morreu?

O rosto de Orkestres permanecia impassível como a estátua do leão no corredor.

– Não. Ele quebrou a coluna. Não conseguia ficar de pé ou mexer as pernas. A Sua Majestade disse que ele era a perfeição em pessoa. Ele lhe concederia a... honra... de deixar uma memória perfeita, e não maculada pela imagem de um homem velho mancando com um par de muletas.

– Quer dizer que... – Nikko engoliu o que pretendia falar.

– Ele ordenou que o apunhalassem no peito, ali no salão. O funeral foi magnífico. A fumaça da pira atingia as nuvens. Na noite seguinte, o Rei me chamou. Eu executei os números do meu pai para ele. Mas essa foi a única e última vez – ele deu de ombros, a voz ainda inexpressiva. – Eu era melhor contorcionista do que equilibrista. Fiz o Rei rir, mais do que arrancar suspiros de assombro. E então – ele deu de ombros – um dia eu já não era mais tão flexível. Ele parou de rir, e eu nunca mais me apresentei diante dele.

Thetis deu um tapinha de leve na face de Dora. A mulher corpulenta gargalhou.

– Eu? Eu me apaixonei por este velho idiota. Eu vim de uma aldeia próxima à praia, não longe daqui. Implorei para que ele me levasse consigo...

Orkestres riu.

– Bobagem. Fui eu que implorei. A garota mais bonita que eu já vi em toda a minha vida, flertando com olhos grandes por entre as chamas no banquete.

– Ah – exclamou Dora, tocando os cabelos recém-tingidos de amarelo outra vez, reluzentes como pétalas de calêndula. – Eu já fui bonita.

– Você ainda é – Orkestres tomou a mão dela e lhe beijou o pulso. Dora corou, depois bateu palmas.

– Vocês, crianças, já para a cama. Agora só faltam duas noites até o banquete. Se vocês errarem por um momento sequer...

Ela hesitou, como se a imagem do pai de Orkestres houvesse nublado a sua memória também, então tornou a bater palmas:

– Cama – insistiu.

E os potes e presentes na mesa começaram a tremer. A terra soltou um gemido tênue abaixo deles, depois silenciou.

Nikko esperou o corpo voltar a respirar.

– Poseidon – falou baixinho –, dizendo "boa noite". Você não deve se preocupar com os tremores – acrescentou para Eurídice. – Eles são frequentes aqui. Mas a Casa do Leão resistirá para sempre.

Eurídice deu de ombros.

– Nós também temos tremores na minha terra. Eles são enviados pela Mãe, como tudo que vemos. Nunca ouvi falar de nenhum Poseidon.

Thetis recostou a cabeça no ombro dela e deu um tapinha no seu pulso, pedindo que ela continuasse.

Eurídice fingiu não notar e se levantou.

– Estou cansada. Se a Mãe Terra disse boa noite, precisamos escutar – ela deu um sorriso maroto para Orkestres: –Vai chamar os guardas para me algemarem ou vou eu?

Nikko perambulou pelo terraço até os próprios aposentos. Às suas costas, podia ouvir o tinido das espadas dos guardas contra as correntes.

Decerto seria diferente depois que Eurídice se apresentasse diante do Grande Rei. Logo ela ouviria os suspiros do público, fascinado demais para aclamar; conheceria o entusiasmo dos servos ao tocarem a testa com o punho antes de entregar os presentes de reis e nobres. De algum modo, Nikko sabia que tudo que Eurídice fazia, ela o fazia de todo coração. Qualquer performance dela tiraria o fôlego da plateia, que lhe retribuiria com aplausos e gritos.

Ela aprenderia a maneira como os micenenses serviam a Mãe, assim como Thetis.

Aqui, no palácio, a vida era esplêndida. "Especialmente", sussurrou uma vozinha na cabeça de Nikko, enquanto desafivelava o cinto para dormir, "agora que Eurídice está aqui".

Capítulo 16

Nikko abriu os olhos. A Lua era uma foice brilhante além da porta aberta. Alguém lhe puxou o braço.

– Thetis? – ela estava com o vestido de lã macia folgado que usava para dormir, e havia soltado as tranças do cabelo, que caíam numa nuvem em torno do rosto. Segurou a mão dele e puxou, para tirá-lo da cama.

– O que foi? – ela lhe tocou os lábios com os dedos, para indicar que ele devia fazer silêncio.

Nikko apanhou o manto e se enrolou nele. Os irmãos se esgueiraram pelo terraço, duas sombras na parede, silenciosas demais para que os guardas do lado de fora do salão os notassem. Thetis parou de repente, indicando que ele devia escutar.

Agora, ele também ouvia. Um *arranha, arranha, arranha* de metal contra metal. Vinha do quarto de Eurídice, o quarto que outrora pertenceu a ele, ao lado do aposento de Thetis.

Era um ruído fraco, baixo demais para que os guardas ouvissem por enquanto. Mas eles ouviriam, Nikko tinha certeza.

– Vamos. Nós precisamos detê-la.

Thetis deu outro puxão no braço dele. Balançou a cabeça.

– Por que não?

Ela parecia irritada, empurrando-o na direção do quarto de Eurídice com a mão.

– Só eu?

Thetis sorriu, colocou a mão no coração em sinal de boa sorte, e se esgueirou de volta para o quarto dela.

Nikko entrou no quarto de Eurídice. Ela não o viu de imediato, a atenção voltada para a corrente que estava raspando com o que aparentava ser a ponta afiada de uma seta de bronze. Era pequena o bastante para permanecer escondida por baixo do casaco. Ele imaginou onde ela haveria encontrado a seta. Eurídice deve ter sido rápida, a ponto de nenhum deles, nem os guardas, conseguirem reparar.

De repente, ela o avistou, imóvel na entrada. Eurídice levantou para guardar a seta debaixo das cobertas, então se deteve, percebendo que ele já havia visto tudo.

Nikko levou um dedo aos lábios e caminhou nas pontas dos pés até a cama. Ele estendeu as mãos, pedindo a seta.

– Será que a loucura da Lua a fez perder a cabeça? – cochichou. – Se encontrarem isso, eles a espancarão. Ou pior.

Ela o fuzilou com os olhos, recusando-se a responder. Eurídice também trajava um vestido solto de lã fina. Nikko podia enxergar a silhueta dos seios através dele e uma veia pulsante na garganta.

– Você acha que iria longe com isso?

Ela deu de ombros, depois lhe entregou a seta relutantemente.

Nikko sentou na beira da cama ao seu lado, inclinando-se para falar baixo para que os guardas na porta vizinha não escutassem.

– É outono. Época do tributo. E este ano os reis e chefes de aldeia trarão os tributos pessoalmente. Você sabe o que isso significa? Que todas as passagens nas estradas e montanhas estarão cheias de reis e seus séquitos, a caminho do banquete em Micenas – ele podia sentir o suave perfume do óleo que ela havia usado nos cabelos. Ou talvez fosse o próprio cheiro de Eurídice. Nikko balançou a cabeça para clarear os pensamentos. – Há guardas por toda parte no palácio. O inverno chegará logo, e a neve vai obstruir o caminho para o norte – ele olhou atentamente para ela. – Você está com medo de se apresentar no banquete?

– Não!

– Então, por que não esperar? Você ganha a confiança do Grande Rei, se livra das correntes. Talvez até antes do verão... que é a época para viajar, de qualquer forma. Por que tornar a fuga mais perigosa tentando escapar agora?

– Você não entende.

Nikko se sentou.

– Tem razão. Não entendo.

Ela abraçou os joelhos. A corrente tilintou de leve quando ela se moveu. Nikko paralisou. Mas os guardas deviam estar acostumados ao barulho; as correntes faziam um barulho semelhante toda vez que ela rolava na cama.

– Eu *preciso* fugir.

Ele balançou a cabeça.

– A Mãe compreenderá.

– Não é a Mãe – ela falou baixinho. – Sou eu.

A Lua lá fora era a única iluminação. "A Mãe sob a forma da Lua", refletiu Nikko, enquanto Eurídice contava a sua história. A Lua era a donzela, a terra, a Mãe dando à luz tudo que crescia ou se movia; a bruxa era sábia, a Mãe que observava, e conhecia.

Do lado de fora do salão principal, um guarda tossiu e resmungou. Em seguida, o silêncio voltou a reinar.

– A minha aldeia é grande, ao norte das terras do Grande Rei. Eu sou a filha mais velha. O meu pai esperava um menino quando eu nasci. Todos os pais torcem por um menino. Então, em vez disso, havia eu, e nenhum outro filho durante anos... Os meus pais viajaram por quase uma lua rumo ao templo da Mãe. Ele fica escondido nas montanhas; não é um templo pequeno, como na maioria das cidades ou até em Micenas. Esse templo é o coração da Mãe, um templo onde as sacerdotisas vivem. Os meus pais prometeram entregar o primogênito, eu, se tivessem um filho. Somos centauros, o povo-cavalo – sorriu. – O povo das planícies diz que os centauros nascem montados em cavalos. Não é verdade. Mas eu já cavalgava quando tinha quatro anos, e caçava com uma lança quando completei sete.

– As habilidades... os truques acrobáticos... são praticados por todo mundo também?

Ela desatou a rir, então parou ao lembrar que os guardas poderiam escutar.

– Não. Só eu. Eu queria mostrar ao meu pai que eu era o melhor centauro das montanhas. Qualquer coisa que um garoto pudesse fazer, eu poderia fazer melhor: ficar de pé sobre a sela, dar saltos mortais por cima do pescoço do cavalo. Também era divertido – completou melancólica. – Mulher nenhuma nunca me viu como uma noiva para o filho, apesar da fortuna do meu pai. Quem se casaria com uma garota prometida ao templo da Mãe? Mas todas elas me olhavam quando eu dançava em cima do cavalo. A minha mãe tornou a engravidar quando eu tinha seis anos. Foi uma menina. E depois outra menina... Eu passei a vida inteira sabendo que estava destinada ao templo, mesmo sem nunca saber quando deveria ir. Outras garotas podiam se casar, ter uma família, um campo de cevada. Mas nenhum garoto olhava para mim. A aldeia inteira sabia que um dia eu partiria.

"Igual a nós", pensou Nikko. "Nenhuma das mães nunca olhou para mim ou para Thetis com a ideia de casar os filhos." Mas ele não comentou nada enquanto Eurídice prosseguia falando.

– Enfim apareceram mechas grisalhas no cabelo da minha mãe. Quando o seu fluxo da lua cessou, ela pensou que seus dias de fertilidade haviam chegado ao fim. Ela chorou. Disse que éramos amaldiçoados, uma família só de meninas. Eu pensei que estava livre da promessa.

Ela ergueu o olhar para Nikko, fitando-o nos olhos, como nenhuma menina recatada jamais faria. Thetis era a única outra garota que Nikko conhecia que se recusava a abaixar a cabeça diante de um homem.

– Tive apenas uns poucos meses para descobrir o que eu deveria fazer, que tipo de vida poderia ter por conta própria. Não adiantou muito. Passei tanto tempo sabendo que era prometida à Mãe que a minha mente parecia chafurdada em lama, incapaz de olhar para fora da poça. As outras meninas cresciam cientes de que o destino delas era ser a esposa de alguém. Esposa de Diomedes, esposa de Alexias. Outras brincavam de casinha, marcando as casas de faz de conta com pedras, varrendo com vassouras de brinquedo. Será que eu queria passar a vida confinada entre as paredes da casa de um homem, cuidando dos filhos dele, moendo a cevada para o seu pão?

Nikko manteve a voz baixa.

– E então?

– Eu não sei – Eurídice olhou para cima, como se avistasse coisas muito ao longe. – E depois a minha mãe sentiu sinais de vida e percebeu que esperava um bebê. Nós esperamos. O meu pai até viajou para o sul e retornou ao templo, levando um cabrito para sacrificar. Ele voltou exatamente dois dias antes do meu irmão nascer – Eurídice tirou o cabelo do rosto. Era tão longo quanto o de Thetis, embora mais volumoso, mais crespo, armado em cachos revoltos quando não era penteado para trás.

– A promessa é deles, não sua! – Nikko redarguiu impetuosamente.

– Uma promessa à Mãe é sempre uma promessa. O meu pai me levou ao templo no sul, para me entregar – balançou a cabeça. – Ele não me deixou levar meus arcos e flechas, nem a minha faca. Eu me tornaria uma sacerdotisa, disse ele, não uma guerreira. Então, quando os bandidos nos atacaram... – Eurídice pausou, depois empinou o queixo. – Eu os avistei primeiro. Gritei socorro. Se eu estivesse com o meu arco, poderia ter derrubado um ou dois, ou até os três, enquanto fugíamos a galope. Meu pai tombou sobre o cavalo antes de conseguir mirar a lança. Quando eu cheguei mais perto, vi a lança cravada em cheio no peito dele. Foi assim que me pegaram. Eles nunca seriam capazes de me alcançar se eu não tivesse ficado com ele.

Lágrimas escorreram incontrolavelmente pelo rosto dela.

– Você o odiava? – Nikko indagou baixinho, lembrando do seu próprio pai.

– Claro. Mas choro por ele todos os dias. Ainda vejo a sua morte todas as noites – ela ergueu o rosto para fitá-lo, os olhos vermelhos. Esfregou o nariz rudemente com o pulso, para secá-lo. – Nikko... eles mataram o meu cavalo. A minha linda égua. O nome dela era Nuvem, porque ela era cinza e corria como uma nuvem ao vento. Ela empinou para que eles não pudessem me pegar, mas eles rasgaram a garganta dela com uma espada. Nuvem morreu para me salvar, Nikko. Ela era minha amiga, minha única amiga. Não consigo esquecê-la, também.

– Eurídice... – ele tentou encontrar as palavras. Desejou colocar os braços em torno dela, mas até que ela lhe pedisse isso era melhor tentar abraçar o filhote de leão do Grande Rei. – Agora você está aqui. A salvo. Isso é tudo que importa. O resto é passado. Você pode esquecer o voto do seu pai. Em vez disso, pense em como a vida pode ser aqui.

– Não! – a voz de Eurídice por pouco não soou alta demais. – Você não entende, Nikko – acrescentou mais calma, quando ouviram os guardas resmungando do lado de fora da porta.

– Então me faça compreender! – ele tentou falar sussurrando, para lembrá-la de manter a voz baixa também.

– Eu quero ir! Essa é a verdade. Esperei a vida toda pela minha vida *real*; a minha vida como uma sacerdotisa da Mãe. Mesmo aqui... não é *real*. Só é até eu poder fugir. E quando chegar no templo – Eurídice murmurou – finalmente poderei ser eu mesma, a minha própria personalidade. Então saberei quem eu sou, sempre.

Nikko sentou na cama, olhando para as mãos. As suas mãos inúteis, incapazes de consolá-la ou protegê-la. Não havia nada a dizer, concluiu ele. Nenhuma palavra para melhorar as coisas. Independente do que aconteceu na sua vida, pelo menos Nikko sempre soube quem ele era, e Thetis também conhecia a si mesma.

Tampouco tinha qualquer coisa a oferecer. Agora ele aceitava isso. A Lua era uma donzela, que jamais conheceu um homem. Mesmo se Eurídice o quisesse, qualquer coisa entre eles era proibida. Se ele a tocasse ao menos uma vez como amante, ela nunca poderia ser uma donzela da Lua. Tudo o que ela mais queria estaria perdido.

"Eu não tinha percebido até agora", pensou ele, "o quanto esperava que Eurídice pudesse ficar, talvez esquecer os votos para se enquadrar na vida em Micenas". Ele se sentia como se alguém houvesse arrancado a sua sombra, deixando-o despojado daquilo que nem suspeitava querer até este instante.

Nikko sentiu que ela o observava. Será que ela sentia alguma coisa por ele? Nesse caso, ele sabia que ela nunca confessaria. Eurídice pertencia à Mãe. Nunca seria sua.

– Espere até o verão – ele sugeriu, afinal. Ao menos podia lhe oferecer isto: – Eu vou ajudar de todas as maneiras possíveis – "e se tiver certeza de que Thetis não sofrerá as consequências", acrescentou para si mesmo.

Nikko se levantou. Era difícil demais ficar tão perto dela, vê-la acorrentada dessa maneira.

– Talvez – acrescentou – você possa descobrir que a Mãe também vai ajudar você. Talvez ela mande um sinal...

Ele não tinha intenção, mas ela o fitou com um brilho súbito de esperança enquanto ele atravessou o piso de mansinho até a porta.

– Você tem razão. Surgirá um sinal. Eu esperei a vida inteira. Posso esperar mais. Obrigada, Nikko – completou baixinho.

Nikko concordou.

– Durma bem – sussurrou. – Que os seus sonhos sejam tranquilos.

Ele se esgueirou pela porta do terraço, a seta ainda na mão. E sentiu como se o seu coração tivesse sido estraçalhado por espadas.

Capítulo 17

Durante dias, as carruagens chegaram sem parar, transportando reis de menor importância e aristocratas, com os seus cavalariços e as suas garotas favoritas, os seus guardas em togas lustrosas, portando espadas reluzentes e afiadas. As carruagens foram alojadas nos galpões próximos aos currais de cavalos, pois as ruas de Micenas eram demasiado estreitas para elas, e as espadas eram deixadas na casa da guarda no portão do carneiro, já que nenhum convidado portaria uma espada na presença do Grande Rei. Era até um insulto supor que elas fossem necessárias, sugerindo que o Grande Rei, seu exército e as muralhas da fortaleza de Micenas talvez não fossem poderosos o bastante para subjugar qualquer inimigo.

O palácio, as muralhas e os terraços de Micenas estavam apinhados de hóspedes. Os servos passaram semanas se arrastando de um lado para o outro do Portão do Leão, com lenha ou sacos de carvão nas costas, para cozinhar os banquetes e manter os quartos dos hóspedes aquecidos. O ecônomo tinha parelhas de cavalos à disposição para buscar peixe fresco, polvo e lagosta na costa todos os dias.

Muitos dos residentes do palácio foram transferidos para aposentos do lado de fora dos portões, para que os convidados pudessem ser alojados com dignidade, próximos dos servos. Mas, para alívio de Nikko, a sua pequena família foi deixada onde estava. Talvez o Grande Rei quisesse a Borboleta por perto... ou talvez os rumores de um estranho número com uma garota-cavalo selvagem o deixasse intrigado.

Foi impossível esconder a construção do cavalo gigante fora dos portões. A maior parte era feita de couro, não de madeira – algumas semanas não eram tempo suficiente para esculpir um cavalo em madeira sólida. Contudo, quando o viu na oficina de Sostoses, Nikko ficou boquiaberto.

Ele era do tamanho de um garanhão enorme, as patas erguidas no ar. Sostoses havia esticado o couro sobre uma armação de madeira, colado tão rente como pele, depois polido com azeite e cera até brilhar como a pelagem de um cavalo magnífico. Até as narinas pareciam respirar.

O cavalo era oco: tinha espaço para dois servos se acomodarem lá dentro e manobrá-lo até o salão de banquetes, como se o animal se locomovesse sozinho.

– É incrível – ele comentou com Eurídice mais tarde. – Lindo. Dá a impressão de que ele vai sair galopando da oficina.

– Só que não vai – Eurídice retrucou categoricamente. Era horário de ensaios, portanto ela não estava acorrentada. Ela se aproximou do terraço e contemplou a grande planície de Micenas, depois as montanhas. Os guardas nas extremidades do terraço se levantaram e cruzaram as lanças na frente da passagem, para o caso de ela tentar correr rumo à liberdade.

Nikko atravessou o terraço para se unir a ela.

– Você está com saudades de casa? – indagou baixinho.

– Não. Saudade de liberdade. Cansada de homens me ordenando o que fazer. Em casa, as mulheres tinham mais liberdade que aqui...

– Mesmo quando são prometidas pelos pais... – Nikko se conteve, envergonhado.

Eurídice se virou.

– Mesmo assim – o semblante dela se iluminou. – Quando vou poder ensaiar com o cavalo?

– O ecônomo negou permissão para que você fosse à oficina.

Eurídice sorriu, mostrando os dentes brancos.

– Ele tem algum juízo.

– Por isso, eles o trarão para cá, para os nossos aposentos, tarde da noite e coberto com um pano.

– Um cavalo – Eurídice exclamou sussurrante. – A sensação de ser um só com outra criatura... Sabe, Nikko, acho que é disso que eu sinto mais falta.

Capítulo 18

A fumaça pairava sobre Micenas, perfumada com os aromas da cozinha: grandes assados de carne de carneiro, gamo e urso que já estavam sendo carregados de um lado para o outro do salão de banquete, para que os convidados cortassem as porções desejadas com as próprias facas. Espetos com codornas, pombos e cogumelos da floresta também eram carregados de um lado para o outro, com pães recém-tirados dos fornos de pedra, depositados em grandes cestas de vime forradas com linho e cobertos de tecidos de lã antes de serem levados ao salão, onde chegavam ainda fumegantes ao se destapar.

A luz de tochas iluminava o salão colossal, embora ainda fosse de tarde. Os ladrilhos foram polidos com cera há pouco tempo e a pintura dos bastiões e das colunas monumentais que sustentavam o teto também era nova. Do lado de fora, o terraço foi decorado com flores, plantas e cântaros de água perfumada.

Envolto no manto, seguido por Orkestres, Dora e Thetis, Nikko espiou pela porta do salão. Thetis trajava uma túnica de lã solta sobre a veste transparente e Dora carregava as suas asas dobradas. Hoje, o Grande Rei portava uma espada de ouro com gemas de cor púrpura – dourado e roxo para a realeza, já que o ouro era macio demais para ser usado na fabricação de armas. Ao seu lado, um menino com cerca de quatorze anos tentava disfarçar o orgulho e o entusiasmo estampados no rosto. Ele também portava uma arma – uma adaga cerimonial, presa ao peito. "Devia ser Agamenon, o filho favorito do Grande Rei", deduziu Nikko. Decerto esta era a sua primeira aparição oficial desde que o Grande Rei pediu que Xurtis o ordenasse herdeiro, um filhote para o trono do leão. Havia outros dois homens sentados à mesa. Nikko os reconheceu pelos trajes: o rei de Tebas e Menesteu, rei de Atenas.

Uma dupla de meninas flautistas tocava para os convidados, vestidas em túnicas curtas e finas, com folhas de outono nos cabelos, tecendo uma dança por entre as mesas enquanto tocavam, as saias esvoaçantes. Enquanto observava, notou que um rei visitante, sentado à direita do Grande Rei, riu e comentou alguma coisa.

O Grande Rei sorriu. Quando a música cessou, ele mandou as garotas se aproximarem.

Nikko não conseguiu escutar as palavras, mas sabia o que significavam. As duas garotas haviam sido concedidas ao rei visitante. Nikko torceu para que ele fosse um bom homem, que trataria bem as meninas e as empregasse como criadas no palácio quando ficassem mais velhas, em vez de vendê-las. Mas agora ambas lhe pertenciam e ele podia fazer com elas o que bem entendesse.

Todos os reis convidados para o banquete ganhariam um presente, fabuloso o bastante para que esquecessem dos tributos de anos. Um cavalo, um broche de ferro meteórico, uma carruagem, um cinto de ouro, um par de flautistas...

Agora a multidão recomeçou a algazarra; bêbados, os homens gargalhavam, os dedos e os lábios lambuzados de comida. "Hoje Xurtis não visitaria o irmão", concluiu Nikko. Um banquete dessa espécie não era lugar para qualquer mulher bem-nascida. O jovem Agamenon ergueu o cálice, os olhos iluminados pelo vinho e pela música.

O coração de Nikko começou a esmurrar o peito. Agora chegou a vez da apresentação de Eurídice. Dois guardas abriam caminho pelo salão, seguidos por alguma coisa imensa coberta com um tecido de lã liso, com mais soldados na retaguarda conduzindo Eurídice acorrentada no meio deles.

Nikko acenou para o harpista, depois recuou com os demais para deixar Eurídice passar. Sentiu vontade de falar com ela, de lhe desejar sorte de novo. Mas ela devia estar se concentrando para a performance. Melhor que qualquer um, ele sabia o quanto mesmo as palavras gentis eram capazes de distrair quando se está tentando manter o foco no que acontecerá.

Dora e Orkestres levantaram o pano que cobria o cavalo. Eurídice agradeceu com um movimento de cabeça, sem encará-los nos olhos. Os guardas soltaram as correntes dos seus braços. Sem pensar, ela esfregou os machucados, os olhos fixos à frente.

O harpista começou a tocar. Nikko havia escolhido a melodia, uma que o harpista cego lhe ensinou anos antes. Ele a chamava de "a canção do cavalo". Quando a ouviu pela primeira vez, aqui mesmo, neste salão do palácio, teve a impressão de que escutava uma manada de cavalos galopando pelos campos enquanto o harpista tocava.

Outros dois músicos começaram a bater seus tambores. Os timbres lembravam mesmo os cascos de um cavalo.

Em suspense, a plateia emudeceu. Esta não era a música habitual de um banquete.

E então o cavalo atravessou a porta, abrindo caminho aos saltos até o meio do salão.

"Pelo menos", pensou Nikko, "foi o que pareceu ao público". Na verdade, o cavalo só se movia porque os três escravos do lado de dentro o empurraram, executando movimentos ensaiados. Mas à luz bruxuleante das tochas – e com a surpresa – a impressão deve ter sido de que o cavalo de couro realmente se empinou diante do trono do Grande Rei.

Os tambores silenciaram. A melodia do harpista se tornou mais estridente. E Eurídice entrou correndo no salão.

A música cessou.

Os cabelos estavam presos numa longa trança. A blusa e a calça finas foram confeccionadas com o couro de ótima qualidade de um carneiro natimorto, lustradas até ficar da mesma cor que o cavalo. Dora também lustrou a pele de Eurídice com um óleo colorido. Uma adaga e uma lança curta pendiam do cinto. Ambos eram de palha colorida, mas à distância pareciam de verdade. Ela exibia uma aparência soberba, implacável – e quando saltou nas costas do cavalo foi como se eles se tornassem um só, menina e cavalo, indiscerníveis um do outro.

O imponente salão ficou tão silencioso que era possível ouvir os pombos do palácio no alto, além do uivo distante de um cão.

Agora Eurídice se ergueu, de pé sobre o dorso ondulado do animal, depois deu uma cambalhota, pousou equilibrada nas mãos, executando saltos mortais para frente e para trás sobre a sela de madeira.

No mesmo instante, a música recomeçou. Mais uma vez, as batidas que lembravam cascos retumbaram no salão inteiro. Eurídice sentou na sela de madeira, movendo o corpo como se o cavalo gigante realmente estivesse galopando à luz bruxuleante das tochas. Brandiu a lança, como que para atirá-la em uma criatura imaginária, numa fuga desabalada à sua frente.

Com exceção da música e da garota, o salão permanecia em silêncio. Até Nikko, que havia visto os ensaios uma centena de vezes, sentiu que podia ver tanto a caça quanto a caçadora.

Eurídice se levantou como se fosse atirar a lança. Moveu o braço.

Mas, em vez de atirá-la, atirou a si mesma ao solo, diante do cavalo, correndo em círculos como se fosse ela a presa do caçador – um gamo, de acordo com o gestual –, atingida pela lança, rolando e emitindo gritos surdos como se esta lhe houvesse trespassado o peito, para em seguida tombar ao chão.

A música mudou. Agora se transformou num lamento, envolvendo os silenciosos comensais na música doce e triste. Eurídice jazia aninhada no piso, tão imóvel quanto a própria morte. Então se levantou.

A música parou e ela se lançou em uma série de saltos mortais de costas, aterrissando cabisbaixa após a última acrobacia diante do Rei, tocando o chão com a cabeça.

Foi como se todo o salão voltasse a respirar de novo. A multidão aplaudiu, levantando-se dos assentos. Até o Grande Rei ficou de pé, e tocou a cabeça de Eurídice indicando que ela deveria se levantar, enquanto o seu filho batia na mesa com os punhos em sinal de aprovação.

Ao lado de Nikko, Orkestres suspirou.

– Ela é uma artista – comentou simplesmente. – Você estava certo em relação a ela, filho. Não são os truques. É a ilusão, o poder de fazer o público desejar acreditar.

Nikko concordou, comovido demais para falar. "Não se tratava de acrobacias extraordinárias", pensou. Os saltos mortais, os saltos de costas... não passaram de acrobacias básicas da profissão. Mas a combinação da beleza da garota e do cavalo, a autoconfiança e o orgulho da jovem caçadora e o terror da presa... isso tornou a performance mais formidável do que qualquer coisa que os reis visitantes já viram.

"Até nós dançarmos para eles, Thetis e eu", ponderou. De repente, sentiu a mãozinha de Thetis na sua. Ela olhou o irmão e sorriu. Exultante, Nikko retribuiu o sorriso, já sentindo o poder da dança dominá-lo.

Como Eurídice podia não sentir a mesma alegria?

Agora era a vez deles. E nem o Grande Rei já tinha visto qualquer coisa semelhante à dança que Thetis planejou para o banquete. Pela primeira vez, Thetis mostrou um esboço da coreografia para Orkestres, quase como se ensaiar com Eurídice a levou a questionar a própria arte e a tentar torná-la mais deslumbrante.

"E esta *seria* deslumbrante", pensou Nikko eufórico, uma performance sobre a qual todos que estão aqui esta tarde comentariam para sempre.

Agora Eurídice havia montado no cavalo outra vez, sentada na sela enquanto os escravos o puxavam para fora. Nikko olhou quando ela passou, esperando retribuir o seu sorriso triunfante. Mas, em vez disso, ela olhou fixo para a frente, o rosto como uma pedra, as lágrimas escorrendo pelas faces luzidias.

De repente, Nikko entendeu porque ela jamais sentiria a mesma alegria que ele. Um cavalo de madeira não era a mesma coisa que um cavalo de verdade, a não ser para aqueles embriagados tanto de divertimento e poder quanto de vinho.

Agora ela seria levada de volta aos seus aposentos, com peles macias na cama, murais nas paredes e correntes para os tornozelos.

O banquete se deslocou para o terraço. O sol se punha atrás das montanhas: o céu vermelho como sangue e rosado como anêmonas silvestres. Os servos traziam azeitonas, romãs, figos, uvas, amêndoas e pistaches, pão de mel, especiarias e queijos, carregando tudo em bandejas enquanto os convidados se espreguiçavam em almofadas em vez dos bancos às mesas do grande salão.

O Grande Rei e seu trono foram transportados para fora e acomodados debaixo da marquise, sustentada por imponentes colunas vermelhas. Ele também parecia brilhar ao crepúsculo. O filho se sentou num banco de ouro ao seu lado.

Chegou a hora da apresentação deles. Nikko sentiu o coração começar a acelerar. Pôs-se a respirar aos poucos para se acalmar e firmar as mãos. O entusiasmo era necessário para tornar o número mais poderoso; a estabilidade para controlá-lo também era necessária.

O harpista começou a tocar. Nikko conferiu as munhequeiras de couro – elas ajudavam a fortalecer as mãos –, e se as tranças estavam bem presas.

Ao seu lado, Thetis trajava um vestido novo, dourado na frente, quase idêntico ao avental de uma sacerdotisa, com listras verdes, douradas e vermelhas nas asas e na calça fina. O cabelo estava solto, como ela costumava usar mais hoje em dia, mas preso para trás com um arco de ouro para não cobrir a vista durante a dança. Dora pintou o contorno dos olhos dela de dourado, assim como as pontas dos dedos das mãos e dos pés.

Ela parecia séria, quase sobrenatural, até lhe sorrir outra vez e voltar a ser a irmã dele.

A música se tornou mais insistente. Nikko tomou fôlego, então se lançou em saltos mortais, um depois do outro, até parar na frente do Rei. Levou o punho à testa em reverência, depois ergueu os braços. Dançando, Thetis entrou no salão e saltou nos seus ombros.

Era assim que eles sempre começavam.

Thetis agitava as asas para a frente e para trás de modo que eles pareciam dançar sobre a cabeça do Grande Rei. E então ela saltou novamente, rodopiando em saltos de costas sem parar num imenso borrão em movimento, pousando no topo da escada do terraço que levava ao pátio.

Thetis ergueu as asas e mergulhou numa espiral voadora até a escadaria colossal que conduzia ao térreo.

Anos mais tarde, algumas pessoas ainda juravam ter visto a Borboleta voar de verdade naquela tarde, num rasante pela escadaria até pousar no solo, subitamente imóvel e aprumada, os braços e as asas estendidos, a seda flutuando na brisa, a única coisa que se movia em meio à multidão fascinada. Apenas Nikko, Orkestres e Dora sabiam como aquilo havia sido cuidadosamente planejado e cronometrado. Esse banquete exigia algo extraordinário.

Orkestres, Dora e dois artistas idosos de sua confiança, ambos aposentados, mas ainda fortes, permaneceram nas laterais da escadaria e, enquanto Thetis "voava", eles a amparavam, escondidos sob as longas asas de seda, e a atiravam aos ares para o próximo apanhador.

O público gritava, aglomerado no parapeito e observando os degraus atentamente. Só o Grande Rei no seu estrado conseguia enxergar acima das suas cabeças. Talvez não fosse a melhor vista do dia, mas era a mais importante. Esta noite, o Grande Rei tinha mais necessidade de ver os convidados surpresos, assombrados e aplaudindo os prodígios de Micenas, do que ver a apresentação da sua Borboleta.

No térreo, Thetis se curvou. Então recomeçou a dançar, uma dança rodopiante, retornando lentamente escadaria acima, enquanto os apanhadores permaneciam imóveis e despercebidos.

Conforme ela voltava dançando por entre a multidão, os hóspedes retornavam às almofadas. Nikko se ajoelhou quando ela pulou nas suas costas. Agora ele sabia que ela estava cansada e talvez calculasse mal qualquer manobra extenuante. Ele levantou, erguendo-a junto, enquanto Thetis se equilibrou nos seus ombros com as asas estendidas.

Este deveria ter sido o ato final da dança. Nikko esperou que ela saltasse para o chão e se prostrasse diante do trono, para que ele pudesse segui-la.

Em vez disso, ela paralisou. As asas penderam ao seu lado.

Nikko ficou rígido. O que estava acontecendo? Ela não vai pular das muralhas, vai? Será possível que Thetis poderia acreditar que era uma borboleta de verdade, capaz de planar até o chão novamente, desta vez sem os apanhadores?

Então, ela se virou, não mais uma dançarina, a Borboleta do palácio, mas uma moça, correndo em direção ao Grande Rei. Ela agarrou as mãos dele e o arrancou do trono.

Ele a acompanhou, surpreso demais para protestar. "Há quanto tempo alguém não tocava o Grande Rei sem permissão?", Nikko se perguntou confuso.

Lá fora, no terraço, longe do trono, sem a proteção da marquise, no meio da turba de convidados. Eles se dividiram, estupefatos demais para falar, enquanto Thetis puxava o Rei, como uma criança puxando uma carruagem de brinquedo. Os guardas perplexos começaram a se mover agora, na direção do seu mestre. O filho do Rei abriu a boca para bradar uma ordem. E a terra gemeu.

"Soou como uma mulher em trabalho de parto", pensou Nikko, como se algum gigante estivesse tentando forçar a própria saída das entranhas da terra. O palácio começou a tremer. Gesso e ladrilhos despencavam do teto. A coluna vermelha desabou, esmagando o trono do Grande Rei. Sem pensar, Nikko recuou, encobrindo o rosto com os braços para se proteger dos destroços, depois tentou abrir caminho com os ombros em meio à multidão aos gritos até a irmã e o Rei. Ouviu vagamente uma mulher berrar na escadaria. Seria Dora? Gritos distantes cortavam o ar.

Então, de súbito, o silêncio retornou. O mundo estava quieto, sem contar os ladrilhos que caíam, e os gritos e lamentos das pessoas.

Thetis soltou a mão do Grande Rei. Permaneceu imóvel e muda, "confusa", Nikko imaginou. Como ela havia pressentido o terremoto? E então ele entendeu, ao relembrar o tremor de tantos anos atrás, que ela avistou os pássaros subindo aos ares.

"Foi o que ela viu alguns momentos antes", concluiu Nikko. Foi por isso que ela pulou no parapeito, para observar os pássaros. Ela percebeu que o Rei estava vulnerável sob a marquise. Nikko estava prestes a tentar se aproximar de Thetis novamente, mas algo que se passou no caminho até ela o deteve.

De repente, um dos reis se ajoelhou – não para o Grande Rei, mas para Thetis. Em seguida, todos os outros reis também se ajoelharam, tocando a testa com o punho em sinal de respeito, como se ela fosse uma sacerdotisa da Mãe que houvesse acabado de revelar uma profecia. Até o filho do Rei se ajoelhou.

Todos se ajoelharam, exceto o irmão, e o Grande Rei.

"Ela *é* uma sacerdotisa", pensou Nikko. Pelo menos, ela executa os ritos com Xurtis. Mas isso não foi um aviso da Mãe. Tratava-se apenas de uma menina observadora, que sabia como as aves e os cavalos se comportavam antes de um terremoto.

– Meus amigos, vejam como a minha Borboleta me protege mesmo quando... – começou o Grande Rei. Mas Thetis ergueu a mão em sinal de silêncio.

Desta vez, a quietude se fez de respirações suspensas bruscamente perante tamanha grosseria para com o Rei.

Thetis se encaminhou mais uma vez ao parapeito. E pela primeira vez em Micenas, ela falou.

– A Mãe Terra está chegando!

Nikko imaginava que a voz dela soaria rouca, como uma espada abandonada sem polimento por tanto tempo que enferrujou. Mas, ao contrário, foi a voz da sua irmã, exatamente como ele recordava, um pouco mais alta, um pouco mais forte, mas ainda idêntica.

Thetis ergueu os braços. As asas flutuaram na poeira.

– O terremoto voltará! Mais implacável e poderoso! Não hoje, e não amanhã, mas chegará em breve! Fujam! Ou até o Grande Rei morrerá!

Ninguém se mexeu nem falou. Thetis relaxou os braços. Piscou, como que subitamente consciente do local onde estava e do que acabou de dizer. Ficou parada no peitoril, as asas largadas dos lados.

"O que ela viu desta vez?", Nikko se perguntou. Ele espiou através da nuvem de poeira, tentando avistar os pássaros. Mas até os pombos haviam abandonado Micenas. Eles decerto sabiam que o pior ainda estava por vir.

O Grande Rei foi o primeiro a se mexer. Ele gesticulou para os guardas. Dois deles agarraram Thetis pelos braços e a rebocaram para fora.

Nikko mal se deu conta de que Dora estava soluçante, na base da escadaria em ruínas.

"O que Thetis fez conosco", pensou ele, "ao profetizar a morte do Grande Rei?"

Neste instante, o Rei segurava uma taça. Ele a segurou no alto, então derramou o líquido nos ladrilhos do chão.

– Uma oferenda à Mãe – bradou –, que nos protegeu desta vez, e protegerá as muralhas de Micenas para sempre. A Casa do Leão está de pé desde o início dos tempos. E permanecerá de pé!

A multidão aplaudiu. "O que mais os reis vassalos e os grandes nobres poderiam fazer?", deduziu Nikko. Contudo, o som pareceu forçado, como se eles estivessem lembrando das espadas dos guardas, e dos soldados que poderiam incendiar as suas cidades.

Esqueceram-se dele. Nikko se esgueirou em meio aos convidados o mais discretamente possível. Ele tinha que alcançar Thetis! Agora o Grande Rei daria outra ordem aos guardas a qualquer momento. Sem saber como, Nikko precisava salvá-la, talvez convencer os guardas de que portava ordens do Rei.

Se eles corressem até o estábulo agora, antes de ser dada qualquer ordem para detê-los...

Nikko se esquivou por entre os escombros. Os servos voltaram a encher as taças e a servir pães de mel. Trouxeram mais tochas para fora, iluminando a escuridão cada vez maior. Nikko se esgueirou pelas sombras, seguindo então corredor abaixo.

O ecônomo o aguardava. Nikko tentou passar despercebido por ele, mas o velho lhe agarrou o pulso. Ele era surpreendentemente forte.

– Espere – disse ele.

Nikko desvencilhou o pulso.

– Preciso encontrar a minha irmã!

– Você precisa – retrucou o ecônomo – ficar exatamente onde está. Você faz ideia do problema que a sua irmã pode ter causado?

– Eu sei que ela salvou a vida do Grande Rei esta noite!

– E por esse motivo ela também salvou a própria vida. E a sua, e as dos seus tutores.

Nikko segurou o sujeito pela veste.

– Onde ela está?

O ecônomo o encarou até Nikko soltar a roupa.

– Qualquer gentileza que você possa pensar que eu fiz por você foi a pedido do meu mestre. Mas este é um presente que eu mesmo estou lhe oferecendo, Nikko, um conselho que daria a um filho se tivesse um. Fique aqui até o que tiver de acontecer terminar.

– Se deseja me fazer uma gentileza, senhor, então me conte onde ela está!

– Eu sou um servo do meu mestre. Entenda-me, garoto. Nada que eu faça... nada... nunca vai contrariar os interesses dele. Espere aqui – apontou para uma alcova, onde havia um pequeno banco de três pernas. "Uma estátua ficava ali", pensou Nikko com metade do cérebro. Provavelmente ela se quebrou no terremoto, pois ele só conseguia ver cacos no piso de ladrilhos.

De repente, a raiva contra o ecônomo desapareceu. O homem cumpria o dever dele, como Nikko cumpriu o seu dever para com a irmã. Ambos tinham mais em comum do que ele jamais se deu conta antes.

– Desculpe, senhor – Nikko falou baixinho. – Eu vou encontrar a minha irmã.

– Eu também lamento. Acredite em mim, garoto, eu realmente lamento – o ecônomo bateu palmas. Em cada canto do corredor, apareceram guardas vestidos de couro e carregando espadas, lanças e facas.

– Você espera aqui – o ecônomo insistiu calmo. – Ou enfrentará o exército real sozinho e morrerá.

Por um momento Nikko até cogitou a possibilidade. Se corresse depressa, os guardas talvez não tivessem tempo de atirar as lanças. Ele poderia saltar sobre eles, talvez, esquivando-se das facas.

Mas isso era um sonho. Impossível. E se fosse morto agora ou, ainda pior, aprisionado, ele não conseguiria ajudar Thetis.

Portanto, Nikko se sentou. Observou enquanto o ecônomo caminhava pelas fileiras de guardas, em direção ao Grande Rei. "Para buscar instruções", deduziu Nikko. Ou para fazer sugestões.

Que atitude o ecônomo sugeriria ao Grande Rei? Onde estavam Orkestres e Dora? Será que também foram detidos?

Quando o próximo terremoto atacaria?

E, assim, ele ficou sentado ali no banco, enquanto os guardas o vigiavam, os rostos silenciosos, as mãos nas espadas.

Capítulo 19

– Eles sumiram – avisou Eurídice.

Em marcha, os guardas o conduziram de volta aos aposentos. A aurora era uma sombra melancólica no horizonte, embora Nikko sentisse como se houvesse transcorrido anos em vez de um único ciclo lunar. Ele disparou rumo ao quarto de Thetis. Sabia que estaria vazio, mas precisava confirmar. Também não havia ninguém no quarto de Orkestres e Dora nem no salão de treinamento. Até o fogo que geralmente ardia nas lareiras se transformou em carvão apagado. Nikko estendeu a mão sobre eles. Estavam quase frios.

Enfim ele correu de volta pelo terraço em direção ao quarto de Eurídice. Lá dentro, a luz de uma lamparina de sebo de cada lado da cama cintilava através das frestas nas janelas. Pelo menos ela estava ali, então, e não estava dormindo. Homens armados se moveram na escuridão quando ele se aproximou da porta. Será que estavam vigiando a Eurídice, ou a ele também?

"Talvez fosse melhor nem perguntar", refletiu Nikko. Talvez, se agisse como se fosse livre, eles permitiriam que ele perambulasse pelo palácio ou pela cidade.

Eurídice estava sentada na cama, as correntes dos tornozelos arrastando no chão. Mesmo agora Nikko ficou deslumbrado com a beleza dela. Ela havia limpado a pintura do rosto e escovado os cabelos. Mais uma vez, não parecia nada capaz de um dia crescer no confinamento protetor das muralhas da cidade.

Ela ergueu o olhar para ele, através da nuvem de cabelos.

– Nikko, desculpe. Eu não pude impedir...

– Eu sei – falou sem rodeios. Ele era a pessoa que deveria ter agido mais depressa, para deter Thetis antes que ela falasse. Ele era a pessoa que conhecia o perigo da voz dela.

Lá fora, um som cortou a noite. Por um instante, Nikko julgou ser o próximo terremoto e então o barulho se tornou mais agudo. Trovão. Subitamente uma tempestade se abateu sobre Micenas como um murro. A água jorrava no terraço lá fora, infiltrando-se por baixo das portas de madeira até atingir as bordas do tapete de pele de urso.

– Eu vi quando a levaram.

– O ecônomo não me contou para onde ela foi levada – a voz de Nikko soou estranha, até para si mesmo: vazia, rude. Respirou fundo. Ele tinha que saber. – Eles a machucaram?

Eurídice balançou a cabeça.

– Ela parecia disposta a ir. Estava chorando, mas ordenou que os guardas arrumassem a sua bagagem.

Nikko arregalou os olhos.

– Thetis deu ordens a eles? Ela ainda está falando?

– Não Thetis. Dora.

Nikko contemplou as próprias mãos, estendidas sobre os joelhos. Hoje eram mãos muito fortes. Mas não fortes o bastante para salvar a irmã.

– Então, eles levaram as duas. E quanto a Orkestres? Eles também o levaram?

Eurídice permaneceu calada. Nikko a fitou, surpreso ao ver lágrimas nos seus olhos.

– Você não sabe? – sussurrou ela.

Ele balançou a cabeça.

– Saber o quê?

– Sobre Orkestres.

De repente, Nikko compreendeu. Sentiu os braços e pernas frios, os pelos arrepiados como sob o sopro de um vento gelado. Mas ele apenas disse:

– Não.

As correntes de Eurídice tilintaram quando ela estendeu uma das mãos para tocá-lo, recuando em seguida quando o comprimento da corrente a impediu de alcançar o braço dele.

– Eu... nós vimos acontecer. Os guardas queriam assistir ao espetáculo. Eu... consegui ver do lugar onde eu estava, porque eles ainda não haviam me trazido de volta para cá... e depois... bem, eles ficaram apavorados. Eu vi... – ela se calou, disposta a não o magoar mais.

– Continue.

– O muro da escada desabou. Ele esmagou Orkestres... do peito para baixo. Dora correu até ele. Ele levantou um braço... Eu pensei que aquilo significava que ele estava bem. Mas ele apenas tocou o cabelo de Dora e falou alguma coisa. Então ela se debruçou sobre ele e deu um grito, e eu entendi que ele havia morrido.

Por um instante, nenhum dos dois falou, e então ela disse:

– Ele estava sorrindo. Eu pude ver isso, Nikko. Mas as pedras em cima dele estavam todas vermelhas.

"Então ele morreu durante um espetáculo, igual ao pai", Nikko ponderou calado. "Mais uma morte para fazer o Grande Rei sorrir."

Não havia palavras. O homem que cuidou dele como o pai que ele nunca teve estava morto, esmagado nas ruínas. A mulher que o amava como mãe, desaparecida. A irmã sumiu, caída em desgraça. Tentou não pensar no que poderiam ter feito às duas. Ele sabia que não suportaria se visualizasse as imagens mentalmente, que se aninharia nas lajotas do piso uivando como um cão.

Olhou para Eurídice. As lágrimas rolavam pelas faces dela, suas mãos amarradas com força demais para enxugá-las. Nikko estendeu uma das mãos e secou-lhe o rosto. A pele era macia.

– Nikko! Você não vê? – a voz de Eurídice soou desesperada. Ela se aproximou dele, ainda presa pelas correntes. – Ainda bem que levaram a Dora junto. Todas as roupas de Thetis sumiram... eu pedi que um dos servos desse uma olhada. Empacotaram até os potes de tintura da Dora.

Nikko a fitou intrigado. A sua mente e o seu coração pareciam entulhados, como se não coubesse mais nada dentro deles.

– Você não vê? Eles não levariam as roupas se pretendessem matá-la. Seja para onde quer que a tenham levado, foi com dignidade, com a sua própria gente. Ela salvou o Rei na frente dos homens mais importantes de todo o reino. Ele *não pode* matá-la... ou tratá-la com desonra.

– Ele não pode simplesmente mandá-la embora. Não sem mim – as duas últimas palavras foram quase impossíveis de proferir.

– Isso faz sentido... quando se é um Rei. Nikko, pense! Pense no que você faria no lugar dele! Se você fosse com Thetis, poderia trazer mensagens de volta à Micenas, contar a todo mundo o que mais ela falou. Você até poderia voltar e contar às pessoas cara a cara. Ele não pode correr esse risco! Ela também é um símbolo poderoso. Ela precisa sumir... e isso seria impossível se você fosse junto, a menos que o acorrentassem, o que desonraria a ambos. Nikko, ouça-me – a voz de Eurídice soou mais gentil do que nunca. – Pelo menos ela está a salvo. E você ainda é livre.

– Livre! Eu não sou mais livre do que você! – foi a primeira vez que Nikko admitiu isso, inclusive para si próprio. Ergueu os pulsos: – Eu posso não usar correntes. Mas a única razão da minha existência se foi, e não há nada que eu possa fazer a respeito.

Eurídice recuou um pouco.

– A única razão...

– Minha irmã – a voz agora soou como um sussurro. – Desde que ela nasceu, desde que eu a trouxe de volta da montanha... essa tem sido a minha vida. Cuidar dela, tomar conta...

– Apoiá-la na dança.

Nikko concordou.

– E agora eu não sou nada.

Eurídice olhou para ele de um jeito esquisito.

– Você realmente se sente assim?

Nikko balançou a cabeça.

– Você é um tolo! Você acha que a sua vida é cuidar da sua irmã? Então cuide! Ou – acrescentou baixinho – procure uma vida que seja só sua.

– Eu não tenho o direito a uma vida só minha. Não enquanto Thetis não estiver a salvo. Eu preciso fugir.

– Como?

Nikko baixou o tom, para o caso de os guardas terem se aproximado para escutar.

– Da mesma maneira que tenho planejado para você. O único jeito de sair sem ser visto é escalar o penhasco nos fundos do palácio. Eles vigiam o portão e as muralhas, mas um acrobata pode escalar o teto do palácio, e então os penhascos.

– E depois o quê? Como você saberá para onde ir? E quanto às estradas cobertas de neve, às passagens nas montanhas congeladas das quais você me falou, aos soldados de uma dúzia de reis? – Nikko arregalou os olhos. Ela quase sorriu. – Todas as razões que você me deu pelas quais eu deveria esperar e não tentar escapar cedo demais. Acalente-as com um senso de segurança, você disse.

Pela primeira vez, Nikko sentiu o tumulto mental se acalmar.

– Você acha que eu também deveria fazer isso?

– É lógico. O que é bom para a corça, é bom para o cervo, Nikko. Deixe que eles pensem que você acatou a decisão do Rei – ela deu de ombros. – Finja ser obediente, Nikko. Espere e fique atento. Quando os guardas retornarem, haverá rumores. Todo mundo no palácio vai cochichar a respeito.

– Se eu ainda continuar no palácio – ele a encarou nos olhos. – A minha vida está nas mãos do Grande Rei. Amanhã talvez eu seja vendido como remador para uma galé. Eu era o coadjuvante de Thetis. Sou um acrobata medíocre, um músico razoável. Sem Thetis... – sentia o orgulho ferido ao admitir – não sou bom o suficiente para ser um artista constante nos banquetes do Grande Rei.

– Então crie um novo número! Comigo!

Ele a encarou.

– Com você?

– Por que não? O Rei perdeu a Borboleta. Portanto nós lhe daremos algo para substituí-la. Um número que apagará todas as lembranças de Thetis na corte. Você e eu, num cavalo vivo desta vez. Ninguém nunca viu nada parecido!

– Ninguém pode ser tão incrível quanto Thetis!

– Esse é o irmão dela falando? Ou um covarde incapaz de encarar a vida sozinho?

– Eu não sou covarde.

– Então dance. Apresente-se comigo.

Ele a fitou.

– Por que você se importa?

Eurídice corou.

– Porque você me salvou. Eu lhe devo isso.

– Só isso?

– Porque você é o único amigo que eu tenho. É o bastante?

Ele sentiu um sorriso começar a surgir no rosto.

– Apesar de eu não ser um cavalo?

– Você *ficaria* mais bonito com quatro patas e um rabo. Nikko, nós podemos fazer isso. Você viu como eles me aplaudiram esta noite – o semblante de Eurídice parecia vivo e desesperado. – Imagine o que poderíamos criar juntos. Talvez jamais sejamos tão incríveis quanto Thetis. Mas mesmo assim ainda seremos mais maravilhosos do que qualquer coisa que outro artista possa lhes oferecer. Especialmente – acrescentou baixinho – em cima de um cavalo.

– Eles nunca lhe darão um cavalo de verdade.

– Talvez deem, após a minha apresentação de ontem. Você precisa convencer o ecônomo de que não pretende fugir e de que eu tampouco conseguirei escapar. Não se nos apresentarmos no pátio em frente ao terraço do palácio, com fileiras de guardas nas ruas, e o Portão do Leão fechado – o anseio na voz dela pareceu incendiar o aposento. – Nós ensaiaremos no cavalo de madeira... sob a vigilância dos guardas, para que saibam que não há truques envolvidos. Mais tarde, em dois, não, três dias, no banquete vespertino antes dos convidados partirem... nós lhes daremos um espetáculo que nenhum homem vivo jamais esquecerá.

"Eles haviam visto isso hoje", pensou Nikko. Mas não comentou nada.

– Eu vou tentar – falou em vez disso.

As palavras de Eurídice o acalentaram. Nikko acreditava que o seu coração se tornara frio demais para sentir. De repente, o cérebro também demonstrou voltar à vida. E o que Eurídice falou fazia sentido. Ele precisava viver. Permanecer no palácio, descobrir para onde Thetis foi levada. "E então eu fugirei", decidiu. "Mas não como um ladrão à noite, escalando um penhasco. Terei tempo para planejar, talvez roubar um cavalo..."

Eurídice sorriu.

– Um dia – disse ela, estranhamente ecoando os pensamentos dele – nós dois fugiremos.

Pareceu que ela tinha acabado de ter uma ideia.

– Nikko, Thetis disse que aconteceria outro terremoto, que a Casa do Leão cairá – ela o encarou aflita. – Será que ela pode estar certa? Ela previu o tremor ontem. Será que poderia acertar de novo?

– Sim – Nikko respondeu sem pensar, sem necessidade alguma de refletir. Thetis observava. E quando falava, na época em que costumava falar, era sempre a verdade.

– Então outro terremoto *acontecerá* em breve. Ainda maior. Um período de caos, talvez. Um momento quando nós dois poderemos escapar. Pense nisso. Planeje!

– Um momento no qual nós dois também poderemos morrer – como Orkestres, debaixo das pedras.

Nikko se levantou. Era hora de chorar. Não por Thetis... ele se recusava a chorar por ela. Ela estava a salvo. Tinha que estar a salvo! Mas pelo homem que foi seu pai e muito mais.

Eurídice pigarreou.

– Não vamos precisar planejar nada se morrermos. A morte cuida de si. Mas eu preciso de um cavalo e para isso nós devemos agradar o Rei. Se ele me deixar cavalgar uma vez, talvez me deixe cavalgar outra vez... e mais outra, até eu conseguir cavalgar rumo à liberdade. E então – sorriu para Nikko à luz bruxuleante das lamparinas de azeite – eu alcançarei o meu destino. E você poderá encontrar a sua irmã.

LEIA A PARTE 3 DE
ORÁCULO

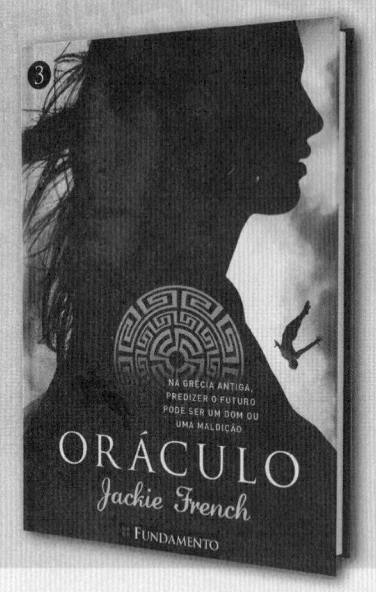

AS PALAVRAS PODEM MUDAR O DESTINO?

Depois de profetizar a chegada de um terremoto avassalador e a morte do Grande Rei de Micenas, Thetis é levada embora. O futuro da admirada Borboleta, que só conseguia dizer a verdade, se torna uma incógnita que seu irmão, Nikko, terá que desvendar.

Prisioneiros do Rei, Nikko e Eurídice, a garota-cavalo, precisam pensar no melhor plano para fugirem de Micenas e ir em busca de Thetis. Fora dos limites do palácio, Nikko estaria livre para procurar sua irmã, e Eurídice poderia encontrar o templo da Mãe Terra e cumprir sua promessa de se tornar uma sacerdotisa.

Mas o desenrolar dos acontecimentos jamais poderia ter sido planejado. Será que o destino estará a favor dos dois nesta jornada? Acompanhe o desfecho dessa linda história sobre um mundo perverso e ao mesmo tempo maravilhoso, onde todas as vidas, por mais curtas que sejam, têm um propósito.

EDITORA FUNDAMENTO

CONHEÇA OUTROS LIVROS DA EDITORA FUNDAMENTO

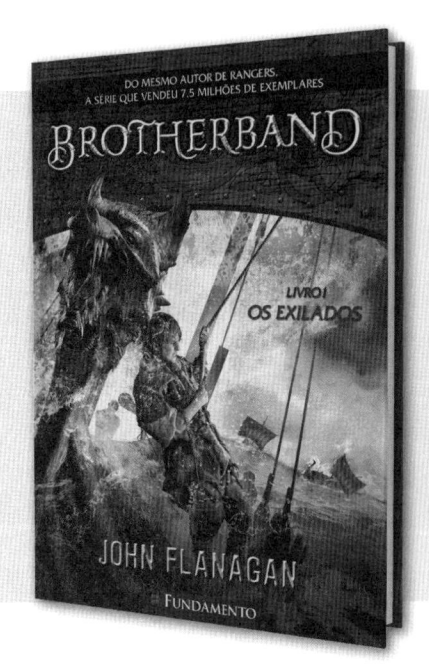

O pequeno e franzino Hal nunca conheceu o pai, um dos maiores guerreiros que defenderam o reino de Escândia. Bem diferente dele, Hal nada se parecia com um forte e bravo lutador. O fato de ele também ser filho de uma escrava vinda de Araluen o tornava um estrangeiro em seu país.

Mesmo sentindo-se exilado entre seu povo, havia algo que aproximava Hal dos outros garotos: o Brotherband, ou "irmãos em armas". Rejeitado pelos líderes dos demais grupos, Hal forma o seu próprio time. Mas um fato inesperado os leva a navegar por águas misteriosas e enfrentar novas aventuras e batalhas.

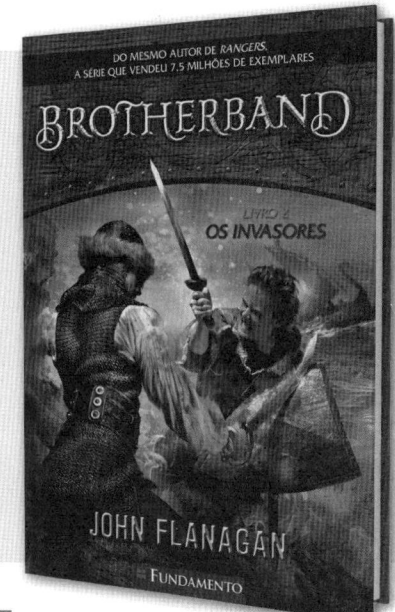

A bordo do Garça-Real, Hal e seus companheiros seguem na perseguição do Corvo, a infame nau pirata. Todos carregam na alma o fardo terrível da desonra por terem permitido que a Andomal fosse roubada por Zavac e sabem que, se não recuperarem o sagrado artefato, jamais poderão retornar à sua terra natal.

Enquanto se refugiam de uma violenta tempestade, eles descobrem que a cidade de Limmat foi invadida por Zavac e seus piratas. Finalmente, chega a hora de enfrentar as forças inimigas. Será que o treinamento dos Brotherband é suficiente para vencer essa batalha?

CONHEÇA OUTROS LIVROS DA EDITORA FUNDAMENTO